정령사
헌터 성공기

양인산 현대판타지 장편소설

MODERN FANTASY STORY & ADVENTURE

dream
books
드림북스

정령사 헌터 성공기 10

초판 1쇄 인쇄 2016년 5월 12일
초판 1쇄 발행 2016년 5월 23일

지은이 양인산
발행인 오영배
책임편집 편집부
표지 · 본문 디자인 권지연
일러스트 신상원
제작 조하늬

펴낸곳 (주)삼양출판사 · 드림북스
주소 서울시 강북구 도봉로 173
대표 전화 02-980-2112 **팩스** 02-983-0660
출판등록 1999년 3월 11일 제9-00046호

ISBN 979-11-313-0494-5 (04810) / 979-11-313-0339-9 (세트)

드림북스는 (주)삼양출판사의 판타지 · 무협 문학 브랜드입니다.

정령사
헌터 성공기
10
양인산 현대판타지 장편소설
MODERN FANTASY STORY & ADVENTURE
dream books
드림북스

정령사
헌터 성공기

목차

Chapter 01
정령왕의 증표

남아프리카, 프리토리아.

"크흐~!"

조환성이 캔에 든 맥주를 순식간에 비우고 쓰레기통에 버렸다. 이를 보던 아일린이 한심한 표정으로 그를 바라보았다.

"이런 곳에서 맥주 마시고 싶어?"

"뭘 당연한걸. 사냥 후 마시는 맥주가 최고라고. 여기에 양 꼬치가 있었으면 더 좋았겠지만."

아일린은 주위를 둘러보았다. 파괴된 프리토리아. 도시 한가운데에서 출몰한 대형 몬스터는 모든 이들에게 충격을 안겨 주었다.

다행히 남아프리카 공화국의 마스터 헌터뿐만 아니라, 다른 국가에서 회의를 위해 온 10인의 마스터 헌터 덕분에 최소한의 피해로 막을 수 있었다.

사상자가 생각 외로 많지 않기는 하나, 그래도 여유롭게 맥주를 마실 분위기는 아닌 셈이다.

"하여간 남의 시선은 별로 안 챙기는구나? 취하지는 않겠지만 얼굴 빨개지지 않게 적당히 마셔."

"어차피 무알코올이지만."

아일린이 한숨을 내쉬며 고개를 저었고, 사토가 어색하게 웃음을 자아냈다.

프리토리아에 나타난 대형 몬스터는 현재 남아프리카 공화국의 정부에서 수거하려고 이송 중이었다.

크기가 워낙 큰 덕분에 조사는 둘째 치고 과연 어디에 보관할 수 있을지나 모르겠다.

그녀는 민간 정보 공유 장치를 꺼냈다. 헌터들의 킵보이와 비슷한 도구이다.

몬스터의 생체 반응과 30미터 안의 몬스터 위치를 파악하는 레이더가 없다는 것만 빼면 킵보이와 다를 것 없다.

그녀는 인터넷으로 정보를 수집하다가 인상을 찡그렸다.

"왜, 무슨 일인데?"

그녀의 표정이 심상치 않자, 조환성이 대뜸 물어보았다. 그녀가 이런 표정을 짓는 것은 드문 편이라서 사토도 내심 긴장하고 있었다.

"아무래도 도시 한복판에 나타난 것은 프리토리아만이 아닌 것 같아. 튀니지에도 하나 더 나타났나 봐."

튀니지는 북아프리카에 위치한 나라이다. 아일린이 세계 각국의 뉴스를 바라보다가 심각한 표정을 지었다.

"아프리카뿐만이 아니었어. 유럽, 중동, 아시아, 아메리카. 총 12마리가 나타났다고 하나 봐. 그중 아시아는 다섯 마리나 나타났고."

같은 등급의 초대형 몬스터가 12마리! 조환성과 사토의 눈이 휘둥그렇게 변했다.

"아일린, 중국에도 나타났데?"

"중국 광동성(廣東省) 성도에 나타났다는데? 아직 소탕이 완전히 이루어지지 않은 모양이야. 고전 중이래."

조환성이 인상을 찌푸렸다. 광동성 출신인 그는 자신의 고향 땅이 몬스터에게 유린당하고 있는 것이 마음에 들지 않았기 때문이다.

"빌어먹을."

그는 휴대전화를 꺼내 들고 전화를 걸었다. 고향에 전화를 거는 것이다. 전화가 되지 않아 답답한 마음에 문자를 보내도 보는 조환성이었다. 사토가 아일린을 바라보았다.

"일본에는요?"

"아니. 일본에는 나타나지 않은 모양이야."

"휴우!"

자신의 나라에는 초대형 몬스터가 나타나지 않았다는 것에 안도를 하는 사토.

아일린은 혹시나 하여 자신의 나라에도 초대형 몬스터가 나타났는지 조사를 해 보았다.

"남미는…… 브라질이 아닌 아르헨티나에서 나타났다는 모양이군. 북미 쪽에는 캐나다고."

자기 나라를 걱정하는 마음은 어떤 나라 사람이든 똑같은 모양이다. 그때 조환성도 문자의 답장이 도착했는지 안도의 한숨을 내쉬었다. 아일린이 그의 반응을 눈치채고 물었다.

"아저씨, 가족들 무사하데?"

"이제 막 소탕된 참이라는군. 다행히 집도 유리창만 깨지고 별다른 피해는 없었다는 모양이야."

자신의 가족들은 무사하다는 것을 알게 되니 마음이 놓이는 조환성. 아일린이 각국의 뉴스를 확인하다가 곧 한국의 소식까지 접했다.

"초대형 몬스터가 한국에도 나타났다는데?"

"한국에도요?"

사토가 아일린의 옆으로 다가오며 민간 공유 정보 장치의 스크린을 바라보았다. 조환성도 그들의 사이에 끼었다.

"서울 한복판에 나타났다는 모양이야. 남산타워 알지? 그곳에 나타나서 쑥대밭이 되었다는데?"

소탕은 되었지만 그 피해가 막심한 모양이라고 한다.

한국에서 꽤 오랫동안 거주한 그들은 쑥대밭이 된 서울의 모습을 사진으로 확인하며 경악을 금치 못했다.

평화로운 도시가 순식간에 아비규환이 되었으니까. 파괴된 모습을 사진으로 보니 자신들이 알던 모습과 거리가 멀어 보였다.

다행히 한강에서 헌터, 군인, 경찰들이 모여 격전을 치른 끝에 소탕했다고 나와 있어 그 이상으로 피해가 확산되지는 않은 모양이다.

하지만 이미 초대형 몬스터는 거리와 눈에 보이는 모든 건물을 파괴하고, 그로 인해 가스가 폭발하여 소방관과 물을 다루는 초능력자들이 화재를 진압하는 중이라고 기사가 났다.

사상자는 제대로 집계되지 않았지만 최소 오천여 명으로 추정하고 있었다. 몬스터가 진격한 거리에 대비해 사상자가 너무 많았다. 최소 오천 명이니 피해는 그보다 심하다는 뜻이었다.

한국의 인구 대다수가 모인 서울에 초대형 몬스터가 나타났으니 피해가 심각한 것은 어쩔 수 없는 모양이다.

"이거 박재현 아냐?"

기사를 보던 조환성이 손가락으로 사진을 가리켰다. 조환성의 물음에 아일린이 긴가민가하며 고개를 갸웃거렸다.

흐릿하게 찍힌 영상에는 검은색 후드를 뒤집어쓴 청년이 물 위를 걷고 있었다. 그리고 그 옆에 물의 정령과 함께 있었다.

멀리서 찍어서 얼굴은 보이지 않지만, 옷차림을 보고 재현이라는 것을 확신할 수 있었다.

"한국에 물의 정령사는 재현이밖에 없지 않나?"

"다른 나라에서 온 사람일지도 모르지. 애초에 재현이라고 보기에는 힘들지 않을까? 기사에는 이 사람이 초대형 몬스터를 잡았다고 하는데?"

기사에는 정확히 누구인지 명확히 짚어 내지 않았지만 마스터 헌터는 아닌 자가 초대형 몬스터를 일격에 잡았다고 보도하고 있었다.

헌관위에서는 그의 정체를 발표하지 않고 있다고 한다.

사람들은 새로운 마스터 헌터가 탄생한 것 아니냐는 말이 많았다. 과장한 사람들은 그랜드 마스터라는 의견을 내놓고 있었다.

"하기야, 중급 헌터가 무슨 재주로 초대형 몬스터를 잡겠어. 마스터 헌터들도 고전했던 몬스터인데."

조환성도 자신이 말하면서 황당했던 모양인지 피식 웃으며 스크린에서 눈을 뗐다. 사토도 설마 그럴 리 없다며 피식 웃었다. 오크 로드를 단신으로 잡은 재현이지만 그래도 최소 S급 몬스터를 단신으로 잡는 것은 무리라고 생각한 참이다.

아일린은 한참 스크린을 바라보다가 곧 민간 정보 공유 장치를 껐다. 그쪽도 꽤 힘든 상황일 테니 나중에 전화해서 안부를 물어볼까 하고 생각했다.

＊　　　＊　　　＊

재현은 자신을 '물의 정령왕'이라 칭한 엘라임을 바보처럼 멍하니 바라보았다. 다른 정령도 아니고 정령왕이 직접 눈앞에 나타나니 재현이라도 얼떨떨할 수밖에 없었다.

"정말 정령왕이에요?"

"그렇단다."

엘라임이 화사한 미소로 화답했다. 재현은 침음하며 시선을 돌렸다. 같은 남자끼리 봐도 가슴이 두근거릴 만큼 잘생겼다.

'내가 미쳤지!'

재현은 스스로에게 정신 차리라고 속으로 소리친 후, 엘라임과 다시 눈을 마주쳤다.

확실히 정령왕은 정령왕인지, 느껴지는 정령력부터 엄청난 차이를 보이고 있었다.

이번에 상급 정령이 된 나이아스의 정령력을 호수로 비유하자면 정령왕은 수심을 알 수 없는 깊은 바다였다.

제대로 된 기운을 내뿜지 않음에도 이 정도인데, 제대로 된 정령력을 내뿜으면 얼마나 방대할까.

자신이 죽을 때까지 수련을 한다면 간신히 감당할 수 있지 않을까란 생각을 할 정도였다.

'절대 불가능하다는 생각을 하지 않는 것도 신기하네.'

다른 정령사라면 죽어도 정령왕을 부리지 못할 것이라고 확신했을 텐데, 자신은 먼 미래에 가능할 것이라고 생각하다니.

스스로를 잘 아는 것은 좋은 일이지만 자만하는 게 아닐까란 생각이 들었다. 자신의 선천적인 재능을 너무 믿어 나중에 나태해지는 것이 아닐까 걱정이 들었다.

"그나저나 정령왕이 무슨 일로 저에게 나타나신 거예요?"

스스로 생각해도 조금 무례가 없지 않나 생각하는 재현. 나이아스도 조금 불안한 눈빛으로 그를 바라보고 있었다. 말조심을 해야 하나 생각했지만, 재현은 왕을 대하는 예의를 잘 모른다.

'정령이나 인간이나 왕을 대하는 예법이 같나?'

같다고 하더라도 한국에는 왕이 없으니 그 예법을 잘 모른다. 그나마 사극 드라마에서 자주 나오는 '황송하옵니다, 망극하옵니다'의 의미를 아는 것이 전부이다. 군대 선임에게 하는 것처럼 하면 되겠지 생각했다.

"어려워할 필요가 없단다. 그냥 하던 대로 하면 된단다. 친구인 인간에게까지 예의를 갖추라고 하지는 않으니까."

"뭐, 그렇다면야 저야 상관은 없지만요."

다른 정령들에게 쉽게 반말을 하는 재현이지만, 이상하게 엘라임에게 존댓말이 나왔다. 왕이라는 호칭 때문일지도 모르고, 방대한 정령력 때문일지도 모른다.

"이 호수는 어떠하더냐? 정령의 호수라고 부르는 곳이란다."

"깨끗하네요. 자연도 좋고. 가만히 바라만 보고 있어도 마음이 안정되는 기분이네요."

이런 대자연은 재현이 사는 나라에서는 절대 볼 수 없기 때문에 신비롭기까지 했다. 엘라임이 그 대답만으로도 충분히 만족한 미소를 피웠다.

"마음에 들었다니 다행이구나. 이 호수는 나의 거처이기도 하지만, 모든 정령들이 모여 놀며 이야기꽃을 나누는 곳이니라."

자신의 거처에서 뛰놀면 시끄러울 법도 할 텐데…… 신경을 쓰지 않는 것인지, 아니면 호수가 수심이 깊어 목소리가 닿지 않는 것인지도 모르겠다.

"정령왕이시여. 한 가지 말씀을 아뢰어도 되겠사옵니까?"

나이아스가 그들의 대화에 끼어들었다. 엘라임은 나이아스에게 시선을 향하며 고개를 끄덕였다.

"허락한다."

"분명 잡담을 나누고자 하시는 것이 아니시라 사료되는바, 제 계약자의 앞에 나타나신 이유가 있을 것이라 생각하옵니다."

인간을 '친구'라고 표현한 정령왕이지만, 그렇다고 해도 심심해서 자신의 앞에 나타났을 리 없다는 생각을 한 나이아스. 원래 높은 사람일수록 엉덩이가 무거운 법이다. 정령이면 다르지 않을까 생각했지만, 물을 관장하는 정령왕이 인간이 나타났다고 이렇게 호의적으로 나올 것 같지 않았다.

"물론이다."

엘라임이 순순히 나이아스의 말을 인정했다. 엘라임은 나이아스에게서 시선을 거두고, 재현에게로 향하며 덧붙였다.

"너를 정령계로 부른 것은 나다."

누군가가 불렀을 것이라고 생각했지만 그것이 정령왕일 줄이야. 그것도 인간을 말이다. 모든 정령들이 경악하고 있는데, 정령왕의 얼굴에는 여전히 미소가 피어오르고 있었다.

"사실은 전부터 쭉 지켜보고 있었단다."

재현은 의아함을 감추지 못하고 엘라임을 바라보며 자신을 가리켰다.

"저를요?"

"그렇단다. 너와 계약한 물의 아이와 어둠의 아이가 재능을 알아보았는데 내가 몰랐을까 봐?"

엘라임의 시선이 나이아스와 다크니아스에게로 향했다. 나이아스가 부끄럽다는 듯 고개를 더욱 숙이고, 다크니아스는 시선을 피했다. 다크니아스가 쑥스러워하는 것은 처음 보았다.

나이아스도 운디네 시절 그에게 접근한 것이, 물의 기운이 있고, 정령력에 대한 재능이 있었기 때문이라고 했던가?

다크니아스도 진작에 그의 재능을 알아보고 여러 번 접근을 시도했다.

썬더라스의 경우 그가 헌터 상점을 이용했을 때 샀던 매직 아이템의 기운 때문에 왔다가 그와 계약을 하게 된 경우였다.

메타리오스, 노에아넨, 샐레아나는 재현의 소환 의식을 통해 소환되었다. 나이아스와 다크니아스를 제외하고 다들 재현의 재능을 알아보고 접근한 것이 아닌 경우였다.

"그러니까 마법이 발달한 세계의 정령사조차 너를 따라오지 못할 정도니 말은 다한 셈이지 않느냐."

마법이 발달한 세계라고 해도 알지를 못하니 짐작하기 쉽지 않았다.

일단 추정해 보면 모든 세계의 정령사들을 비교해도 재현만 한 재능을 지닌 사람은 없다는 뜻일 것이리라.

쉽게 짐작하지 못하자, 엘라임이 더 쉽게 말해 주었다.

"쉽게 말하자면…… 너의 스승보다 몇 배는 뛰어난 정령사보다 너의 재능이 훨씬 뛰어나다고 하면 이해하기 쉽겠느냐?"

그렇게 말하니 대충 이해가 되는 재현이었다.

"제가 그 정도였나요?"

"지금은 부족하지만, 앞으로 더 성장했을 때를 감안해서 한 얘기란다. 예상보다 더 낮을 수도, 뛰어날 수도 있지."

그래도 명색이 정령왕이라는 사람이 추정한 정도인데 거의 정확하지 않을까 싶었다. 그러면서 재현은 엘라임이 왜 자신을 불러왔는지 곰곰이 생각해 보았다. 자신에게 관심을 가지고 있다. 혹시 계약과 관련된 일일까?

"저와 계약하려는 건가요?"

계약을 원한다 하더라도 소환은 절대 불가능하다. 정령왕을 소환하려면 막대한 정령력을 필요로 할 텐데, 그가 가진 정령력으로는 형체를 절대 유지하지 못한다.

'잠깐. 정령왕이라고 해도 계약 의식을 하면……'

마지막으로 하는 행위가 무엇인지 아는 재현의 몸에 소름이 돋았다. 제아무리 정령이라지만 동성의 정령과 키스를 하는 건 아무래도 좋은 것은 아니기 때문이다. 재현은 동성애자가 아니었다.

"그러고 보니 그렇게 생각할 수 있겠구나. 하지만 아니란다."

다행히 엘라임이 부정했다. 다른 이유가 있었다. 내심

안도는 되지만 계약과 관련된 일이 아니라면 무엇을 위해 자신을 불렀을까 의구심이 남게 되었다. 이야기를 길게 끌지 않겠다는 듯 엘라임이 그를 정령계로 부른 이유를 말했다.

"혹시 나의 후계자가 될 생각이 없느냐?"

"……예?"

재현은 무슨 말이냐는 듯 바라보고, 정령의 호수에 있던 정령들은 경악에 물들었다.

* * *

현주는 이를 어떻게 해야 하나 머리를 쥐어짰지만, 달리 방도가 없어 보였다.

지금껏 수정체의 기운을 흡수해서 살아난 사람은 단 한 명도 없었다.

수정체의 기운을 완전히 없애버리는 것이 답이지만, 이미 정령력 탱크에 가득 차 버린 기운을 빼낼 좋은 방도가 떠오르지 않았다.

심장 박동은 여전히 불규칙하다. 아니, 전보다 그 정도가 심해진 것 같았다. 일정하게 뛰어야 할 심장이 이렇게나 불규칙하다니.

전문 의료 지식이 없는 현주라도 얼마나 심각한 상황인지 짐작할 수 있었다.

　윤정은 직업 특성상 재현의 옆에 계속 있을 수 없었다. 이미 그녀는 다른 환자들을 돌보러 갔다.

　그러고 보니 윤정이 가족들에게 연락을 했다고 한다.

　이곳에 올 시간이 되었다. 아니나 다를까, 병실 밖에서부터 이쪽으로 급히 오는 소리가 들려왔다.

　병실 문이 벌컥 열리고, 세 명의 여인이 들어왔다.

　한 명은 윤정이고, 다른 두 명은 처음 보는 여인이었다. 처음 보는 두 여인 중 한 명은 중년이고, 다른 한 명은 재현보다 나이가 조금 더 많아 보이는 사람이다. 어머니와 누나가 있다고 하니 그 가족일 것이다.

　"재현아!"

　지혜가 재현에게 다가오며 손을 잡았다. 재희는 병실에 누워 있는 동생을 보고 눈물을 왈칵 흘렸다.

　"어떻게 이런 미련한 녀석이 다 있어? 위험한 상황에서 나서지 말라니까, S급 몬스터한테 덤비고 말이야!"

　지혜와 재희가 재현의 옆에서 그의 안색을 살폈다.

　그의 얼굴에는 땀이 맺힌 수준이 아니라, 흐르고 있었다. 소량 남은 정령력이 수정체의 기운에 맞서고 있는 것이다.

윤정은 입을 꽉 깨물고 마음을 다잡더니 그의 증상을 말해 주었다. 공교롭게도 윤정이 재현의 담당 의사를 맡게된 것이다.

"현재 재현 오빠는 수정체의 기운을 흡수한 상태예요. 심장에 보이시는 이 빛이 수정체의 기운이에요."

그녀는 MRI 촬영 사진을 보여 주며 설명을 이어 갔다. 일반인들도 이해하기 쉽게 말하려고 했지만, 그래도 전문용어 같은 것이 나와 이해하기는 어려웠다.

"아가, 무슨 말이니? 깨어날 수 있다는 거니, 없다는 거니?"

난해한 설명보다 이것을 원했다. 윤정은 숙연한 표정으로 고개를 푹 숙이며 고개를 저었다.

"수정체의 기운을 흡수한 헌터들의 전례를 보았을 때, 지금까지 깨어난 헌터는 단 한 명도……."

뒷말을 흐리는 윤정. 그러나 그 뒷말이 무엇인지는 다섯 살짜리 꼬맹이도 다 알 것이다.

"아아! 재현아. 재현아!"

지혜는 오열하고 있는 반면, 재희는 비교적 담담했다. 어쩌면 냉정을 유지하려는 것일지도 모른다. 그러나 역시 눈가에 눈물이 맺히는 건 어쩔 수 없었다. 윤정도 의사인 이상 보호자들 앞에서 눈물을 보일 수 없었지만 눈가에 눈물이 맺혔다.

그런 와중 현주가 자리에서 일어났다.

"안녕하십니까. 가족 여러분."

그제야 지혜와 재희의 시선이 그녀에게로 향했다.

"누구세요?"

재희가 현주를 바라보았다. 경황이 없어 신경 쓰지 않았는데, 그러고 보니 의사거나 간호사 차림이 아니었다.

"오빠의 스승님이에요."

윤정이 현주에 대해 대신 소개시켜 주었다.

이렇게 된 것에는 전부 자신의 탓이 크지만, 그 사실을 모르는 가족들. 윤정은 알고 있지만 굳이 말하지 않은 것은 아마 그녀를 배려한 것이리라.

어떤 이유로 그가 수정체의 기운을 흡수했는지에 대한 사실은 마스터 헌터들과 윤정을 제외하고 모른다.

헌관위 장관도 공개하지 말라고 명령한 덕분에 상당히 입맛이 썼다.

"재현이의 스승님이라고요?"

그런 얘기는 오늘 처음 들은 재희였다. 재희가 어머니를 바라보니 그녀도 마찬가지였다. 재현은 자신의 가족들에게 스승이 생겼다는 소식을 전한 바가 없었다. 굳이 말할 필요성이 없어서 그런 것일지도 모른다.

"현재 헌터로 일하고 있으며 같은 정령사입니다."

속성은 다르지만 그래도 정령사로서 도움을 주고 있는 현주였다. 스승치고는 나이가 오히려 더 어려 보이지 않은가 의심하고 있는 지혜와 재희.

윤정이 옆에서 맞다고 했지만 여전히 못 믿는 눈치였다.

"제가 이렇게 보여도 헌터 1세대입니다. 아마…… 제자님의 어머님과 나이가 엇비슷할 겁니다."

그래도 못 믿는 눈치이기에 주민등록증을 꺼내 보여 주는 현주. 재희와 지혜가 경악에 물들었다. 주민등록증을 위조한 것 같지도 않았다.

무엇보다 그녀가 꺼낸 주민등록증은 20년 전, 생존의 시대가 끝나고 만들어진 것이다. 그 당시 주민등록증을 발급받을 나이임을 감안해도 결코 지금 보이는 외모의 나이는 아닌 셈이다.

어쨌든 덕분에 조금은 믿는 눈치였다. 엄청난 동안이 아닐까 생각하는 것 같았다.

"그럼 저희가 올 때까지 병간호를 해 주신 거예요?"

"예."

"감사합니다. 정말 감사합니다."

지혜가 현주의 손을 덥석 잡으며 위아래로 흔들었다. 감사를 받지만 상당히 씁쓸한 느낌이었다.

이렇게 된 것은 자신 때문인데 그것을 말하지 못하고 감사를 받는다니. 양심에 찔리는 일이 아닐 수 없었다.

마스터 헌터도 아닌 자가 초대형 몬스터를 잡아 그의 존재에 많은 이들이 정체를 물었다. 헌관위에서는 조사 중이라고 얼버무리고 있었지만, 이미 정체를 전부 파악한 상태다.

헌터들과 국민들의 사기를 떨어뜨린다는 이유로 보도를 자중하고 있었다. 명분은 국민들의 사기이지만…… 진짜 이유는 분명 따로 있다.

생존의 시대부터 헌터로 살아온 현주는 무슨 이유로 보도를 자중하라고 하는지 대충 눈치채고 있었다.

새로운 마스터 헌터의 탄생을 알리는 일일 수 있으니 신중하게 대처하려는 것이리라. 마스터 헌터는 국가 최고 기밀이라고 해도 과언이 아니었다.

자신의 남편이, 아내가, 아빠가, 엄마가, 아들이, 딸이, 형이, 누나가, 동생이 마스터 헌터라는 것을 모르는 가족들조차 전 세계에 수두룩하다.

아마 지금쯤 재현의 모든 정보를 국가에서 관리하고 제한을 걸고 있을 것이다.

*   *   *

"정령왕이 되기 위해서는 대가가 따른단다."

"대가요?"

엄청난 대가가 있는 것이 아닐까 생각하며 일단 들어 보겠다는 듯 바라보는 재현. 엘라임은 그 대가가 무엇인지 말해 주었다.

재현은 한참 동안 엘라임에게 대가에 대해 설명을 들었다. 내용은 장황했지만 이해하는 것은 어렵지 않았다.

요약하자면 자질은 갖췄지만 조건은 한참 부족하다는 것이다. 조금 더 성장한 후를 대비하는 것이 좋다는 것이다. 그리고 모든 것이 갖춰지고 사후(死後) 그의 영혼이 윤회(輪廻)의 고리에 맡겨져 환생하는 것이 아닌 정령이 되어 미래의 정령왕이 되는 것이다.

윤회를 더 이상 하지 못하고 정령으로서 살아가는 것. 그것이 대가이다. 살아 있는 사람의 몸으로 정령계에서 활동할 수 없으니, 죽은 후 엘라임의 뒤를 이어 재현이 정령왕이 되는 것이다.

앞으로 윤회를 하지 않으니 다음 후계자가 나올 때까지 억겁의 시간을 정령왕으로 살아야 할 것이다.

"이거 참 결정하기 어렵네요."

이미 정령력이 가득 찬 재현이기에 일반적인 사람들보

다 훨씬 오래 살 수 있다. 재현도 오래 살고 싶다는 생각을 하고 있다. 하지만 사후까지 생각해 본 적이 없었다. 그렇기 때문에 망설여지고, 결정하기가 어려웠다.

"인간의 기억도 간직한 채 되는 것일 테고요?"

엘라임이 긍정하듯 고개를 가볍게 주억였다. 재현은 머리를 긁적였다. 인간의 기억을 간직한 채 정령왕이 된다는 것이다. 정령이 되면 시간의 개념이 사라지기 때문에 백 년이 순식간에 지난다고 할 정도다.

살짝 지루할 때가 되면 만 년이 넘는 시간이 지난 후라고 하니 재현에게는 상상하기 힘든 일이었다.

"흠……."

고민은 길어질 수밖에 없었다. 그는 한참의 시간이 흐른 후에야 하나를 결정할 수 있었다.

"죄송하지만 지금 당장 결정할 수 있는 사항은 아닌 것 같네요. 아무래도 엄청 오랫동안 고민해 봐야 할 문제 같아요."

"다행히 거절 의사는 아니로구나. 거절하면 어쩌나 했는데."

그 대답만으로도 충분했는지, 엘라임이 안심이라는 듯 가슴을 쓸어내렸다. 엘라임이 재현의 가슴에 손가락을 얹었다. 가슴이 곧 시원해졌다.

"정령왕의 증표이니라. 그 증표가 있는 한, 악의적인 것이 아니라면 너의 세계에 있는 물의 정령들이 적극 도울 것이다. 또한 증표를 가진 이는 자가 치유력도 높아지지."

엘라임이 손짓을 하며 말을 덧붙였다.

"물론 트롤에 비할 바는 아니겠지만, 그래도 인간으로서 말도 안 되는 회복력을 지니게 될 것이다. 외상이든 내상이든."

그것만으로도 충분한 도움이 되는 것은 확실했다.

"제대로 하겠다고 말하지 않았는데 이래도 되나요?"

"이렇게라도 해야 미안해서라도 승낙하지 않겠느냐?"

재현이 피식 웃었다. 명색이 정령왕이라는 자가 농담이나 던지다니. 생각보다 어려운 사람은 아니라고 생각했다.

'아, 정령이었지.'

친밀감이 들었던 덕분인지 정령왕을 잠시 인간으로 생각한 재현. 어쨌거나 싫은 쪽은 아니었다.

"나중에 이건 아니다 싶어서 안 하겠다고 하면요? 기껏 증표를 줬는데 저야 용이하게 사용하는 셈이지만, 이용만 한 꼴이잖아요."

"그러면 하는 수 없겠지. 본인의 의사 결정이 가장 필요한 자리이니까."

재현을 억지로 정령왕 자리에 앉히는 것은 불가능하다

는 뜻으로 봐도 무관하리라. 엘라임 본인도 억지로 권유할 생각은 없는 모양이었다. 후계자가 되도 그만, 안 되도 그만이라는 듯 무심해 보이기도 했다.

"자, 그럼 나의 예비 후계자여. 아직 할 일이 많지 않느냐? 너의 육체에 다른 영혼이 들어가기 전에 얼른 가 보거라."

엘라임이 손가락을 튕기자, 재현의 눈앞에 물로 이루어진 문이 생겨났다. 그 문 안쪽으로 인공호흡기를 단 채 병실에 누워 있는 자신의 모습을 볼 수 있었다. 문 너머로 보이는 자신의 모습은 상당히 위태로워 보였다.

"뭐…… 그럼 제가 승낙했을 경우 사후에 뵙기로 하죠."

승낙하지는 않았으니 좀 애매한 대답이 될 수밖에 없었다. 엘라임이 빙긋 미소를 지었다.

"그래, 그때를 손꼽아 기다리겠다."

재현이 고개를 끄덕이며 문으로 걸음을 옮겼다. 그가 문을 통과하려고 할 때 이제 막 생각났다는 듯 엘라임이 말했다.

"그리고 곧 너의 세계에 커다란 파도가 일어날 것이다. 미리 대비하는 것이 좋을 것이다."

"예?"

하지만 재현은 그 말이 무슨 뜻인지 물어볼 틈도 없이

시야가 빛으로 가득해졌다.

그가 정령계에서 마지막으로 본 장면은 엘라임이 밝은
미소로 손을 흔들어 주는 것이었다.

Chapter 02

재현, 깨어나다!

문을 통과하자 어떠한 힘에 의해 그가 빨려 들어갔다.

'뭐지?'

눈을 뜨고 싶은데 뜰 수가 없었다. 무슨 상황인지 제대로 인식하지 못한 채, 그는 주위에 들리는 소리에 집중했다. 불규칙적인 기계음이 귀에 아른거렸다. 친숙한 냄새에 그가 상황을 판단했다.

그는 곧 자신이 원래의 몸으로 돌아왔다는 것을 느낄 수 있었다. 이곳은 병원이었다. 병실에 누운 그대로일 것이다. 의식은 차렸지만 몸을 마음대로 가눌 수 없었다.

'근데 이게 뭐지?'

재현은 곧 정령력 탱크에 이질적인 느낌을 감지했다. 정령력과 비슷하지만 다른 느낌이다. 이게 뭘까 생각하다가 그는 곧 수정체의 기운이라는 것을 깨달을 수 있었다. 초대형 몬스터를 잡으면서 그의 몸에 뿌려진 수정체 가루. 그리고 그 기운을 흡수한 덕분에 이런 일이 벌어진 것이었다.

'큰일이네.'

수정체의 기운이 인체에 어떤 영향을 미치는지 재현은 알고 있다. 소량이라도 흡수하면 치명적이라고 일컫는 것이 바로 수정체의 기운이다.

능력 상실 증후군에 걸린 사람들도 일시적으로 힘이 돌아오게 만드는 것이 수정체 가루이다.

극소량을 사용한 것이라 죽음에까지 이르지는 않지만, 그래도 부작용이 많이 따르는 것이 사실이다. 그런데 지금 그의 몸 안에는 다량의 수정체의 기운이 자리를 잡아 버렸다.

아주 희박하게 남은 정령력이 버티고 있었지만, 이미 치사량이나 다름없었다. 지금 당장 죽어도 이상할 게 없었다.

그때 그의 안에서 뭔가가 반응했다. 수정체의 기운이 정령력으로 다시 바뀌기 시작하고 있는 것이었다.

아무런 행동도 하지 않았는데 왜 이러는지 이해할 수 없었다. 그의 심장에서 시원하고도 유려한 무언가가 반응하고 있는 것이다.

'정령왕의 증표인가?'

재현은 그 가능성이 가장 높다고 판단했다. 외상만 아니라 내상에도 도움을 준다고 했던 말이 아직도 기억에 남아 있다.

아니나 다를까, 그의 심장에서부터 반응한 증표는 곧 전신으로 퍼져 나가고, 수정체의 기운을 천천히 정령력으로 바꿔 나가고 있었다.

재현은 곧 소량의 정령력을 보태어 이를 같이 하고자 했다. 억눌려 있던 울분을 토하듯 정령력들이 들고 일어나 거침없이 수정체의 기운을 몰아내기 시작했다.

갑작스러운 매서운 힘에 수정체의 기운이 반발하고 있었지만, 정령력이 꽉 붙들고 놓지를 않았다.

수정체의 기운이 곧 정령력으로 탈바꿈했다. 세력이 하나둘 늘어 간다. 세력이 늘어날수록 정령력은 더욱 힘을 가세하게 되었다.

수정체의 기운이 뒤늦게 반격에 나섰지만, 이미 정령력은 흐름을 타고 기세를 놓치지 않았다. 빈틈을 비집고 들어가며 녀석들을 정신없이 압박해 나갔다.

그렇게 압박해 나가고 나니, 어느새 수정체의 기운이 궁지에 몰리게 되었다. 재현은 여기서 방심하지 않기로 했다. 완벽한 대치 상황.

녀석들이 어떤 짓을 할지 모르니 틈을 보이지 않고 천천히 진행하기로 했다. 거의 다 끝난 일에 다시 반격을 허용할 수 없다.

'시간이 좀 걸리겠어.'

시간은 재현의 편이다. 그는 천천히 녀석들을 압박했다.

*　　　*　　　*

이른 아침. 햇살이 창문 틈 사이로 스며들어오며 윤정을 따사롭게 비췄다. 눈이 부셨던지, 그녀가 잠깐 뒤척였다. 밤새 재현을 간호하다가 잠이 들어 버렸다. 잠이 덜 깬 듯 더 자려고 하는 윤정. 그러나 그녀의 귀에 어떠한 소리가 들려왔다.

삐—

일정한 음이 울려 퍼진다. 심전도를 알리는 소리다. 일정한 음으로 조용히 울려 퍼지자 정신을 차린 윤정이 벌떡 일어났다. 심장이 정지했다는 뜻이다. 설마 잘못 들은 거겠지 생각했지만, 너무 생생하다.

"오빠?!"

다급히 소리치며 재현의 상태를 확인하려고 했지만, 그녀는 곧 그 자리에서 몸이 정지했다.

그의 몸에 붙어 있어야 할 전극과 인공호흡기가 침대에 어지럽게 널브러져 있었다. 침대에 누워 있어야 할 재현은 보이지 않았다.

그녀의 소리에 놀라서 깬 재희. 그리고 곧 일정한 음에 소스라치게 놀라며 커튼을 걷었다.

"이 소리는 뭐야?!"

설마 아니겠지 생각하며 커튼을 열자, 재희는 멍청한 표정을 지었다. 재현이 없다. 윤정과 재희는 멍청한 표정으로 서로를 바라보았다. 침대에 인공호흡기를 부착한 채 있어야 할 재현이 없으니 황당한 것이다.

"형님, 재현 오빠가 사라졌어요!"

"이 녀석 어디 갔어?!"

재희도 재현이 감쪽같이 사라지자 화들짝 놀라 공황 상태에 이르기까지 했다. 어떻게 해야 할지 안절부절못하고 있을 때였다.

"음? 다들 일어났네?"

재현의 목소리였다. 그의 목소리가 들린 곳을 향해 그녀들의 시선이 향했다. 재현은 병실 입구에 있었다. 그는 환

재현, 깨어나다! 39

자복을 입은 그대로의 모습이다. 다들 멍청한 표정으로 병실 입구에 서 있는 그를 바라보았다.

저녁까지 분명 사경을 헤맸던 사람이 천연덕스럽게 하하 웃으며 손을 흔들고 있었다. 윤정이나 재희는 그 모습을 보고 멍한 표정을 지었다.

"오, 오빠?"

윤정이 그에게 다가가며 그의 뺨을 쭉 잡아당겼다.

"이거 꿈 아니지?"

"꿈인지 아닌지 확인하려면 자기 뺨을 꼬집어야지. 왜 내 뺨을 꼬집니?"

윤정이 그를 꼭 안았다. 이 감촉은 진짜였다. 재현이 미소를 지으며 윤정의 머리를 쓰다듬었다.

여전히 믿기지 않는 현실에 멍한 표정을 짓는 재희가 물었다.

"너, 너 그 몸으로 어디 갔다 온 거야?!"

"화장실에 간 것뿐이야. 다행히 병실 바로 앞이 화장실이었네. 다들 곤히 자고 있는 데다 전극하고 인공호흡기를 주렁주렁 달고 병원 복도를 돌아다닐 수는 없잖아. 그래서 일단 떼고 갔지."

심전도 측정기의 전원을 끄는 법을 알았더라면 전원도 끄고 갔을 것이다. 그러나 그것을 모르기에 일단 떼고 갔던 것이다. 그만큼 화장실이 급했다.

"이 머저리야, 저 소리 때문에 얼마나 걱정한 줄 알아?!"

일정하게 울려 퍼지는 일정한 음에 재희가 참지 못하고 재현의 머리에 팔을 두르며 꽉 조였다. 그가 그녀의 팔뚝을 쳤다.

"아야야! 누나, 이거 진심이지? 나 환자야! 헤드록은 하지 마!"

"시끄러! 자기 두 다리로 멀쩡히 화장실까지 다녀온 놈이 환자는 무슨 환자야! 넌 맞아도 싸!"

윤정이 안도의 한숨을 내쉬며 조용히 웃었다. 그리고 곧 밖에서 몰려오는 소리에 시선을 병실 입구로 향했다. 그곳에는 의사와 간호사들이 멍한 표정으로 이를 바라보고 있었다.

심장이 정지하면 바로 상황을 알리게 되어 있는데, 그것을 확인하는 즉시 의사들과 간호사들이 온 것이다.

그들은 허허 웃으며 이를 지켜보고 있었다.

＊　　　＊　　　＊

의식을 차린 재현. 이 소식은 지혜와 현주에게도 알려졌다.

지혜는 뒤숭숭한 마음에 병원 밖에 나서서 산책을 하고 있다가 재희의 연락에 부리나케 병실로 올라와 그를 끌어안았다. 그리고 한동안 이야기를 나누던 지혜와 재희는 잠시 재현의 집에서 쉬고 돌아오기로 했다. 아무래도 갑자기 긴장이 풀리자 피로가 몰려온 것 같았다. 전철을 타고 와도 금방 올 수 있으니 간병하는 것도 그렇게 어렵지 않을 것이다.

　현주는 집에 있다가 그가 깨어났다는 소식을 윤정에게 듣고 단번에 달려왔다.

　"어제까지 사경을 헤맸다는 게 믿기지 않을 정도로 아주 멀쩡한 상태네요."

　재현의 병실에 들어온 현주가 황당한 표정을 지었다. 그는 정령들까지 소환한 상태로 아침 식사를 하는 중이었다.

　정령들로 인해 북적이는 병실 안을 보고 황당함이 먼저 들었다.

　"오셨어요?"

　재현은 미소를 지으며 그녀를 맞이해 주었다. 인공호흡기와 몸에 붙어 있던 전극과 각종 튜브도 볼 수 없었다.

　누가 보더라도 완쾌한 모습이었다. 어제까지 언제 유명을 달리할지 알 수 없는 사람이라고 볼 수 없는 모습이었다.

"정말 괜찮은 건가요?"

두 눈으로 보고도 믿기지 않는 모습에 현주도 얼떨떨한 표정을 짓고 있었다. 윤정이 그녀의 질문에 대신 답해 주었다.

"네. 수정체의 기운이 전부 사라졌어요."

"사라졌다고요?"

현주가 의아한 눈빛으로 그를 바라보았다. 방대한 양의 수정체 기운이 하루아침에 사라지다니?

"기적적인 일이죠."

윤정이 생각하기에도 불가능한 일이니 기적이라고밖에 말하지 못했다.

아무리 기적이 일어나도 그것은 불가능하리란 것이 현주의 생각이었다. 분명 자신이 모르는 무언가가 있으리라고 생각했다.

식사를 마친 재현이 배를 통통 두드렸다.

"식사는 입에 맞아? 다 비웠네?"

"병원 밥은 어딜 가나 마찬가지인 것 같아. 마치 짬밥 먹는 거 같아."

"짬밥?"

군대에서 먹는 밥이 바로 짬밥. 하지만 윤정은 난생처음 들은 단어인 듯 그게 뭐냐는 듯 바라보았다. 재현은 말없이 미소로 답해 주었다. 이를 보던 재희가 피식 웃었다.

"내가 어렸을 적부터 너무 잘 먹였네. 입이 너무 까다로워진 것 아냐?"

"아주 못 먹는 음식이 아닌 이상 그래도 다 먹기는 하지만."

일단 배는 채웠으니 속이 든든한 느낌이었다. 그러나 뭔가 허전한 것은 어쩔 수 없었다.

"오빠, 운동은 안 돼."

윤정이 그의 생각을 알고 단답했다. 재현이 푹 한숨을 내쉬었다.

"가만히 있으면 살찌는데⋯⋯."

"얼마 안 지나서 다시 몬스터 잡으러 갈 사람이 뱃살은 무슨."

헌터들 중 뱃살이 있는 사람은 극히 드물었다. 몬스터를 사냥하러 나서면 그 운동량이 만만치 않기 때문이다.

특히 한국의 지리상 산이 많은 덕분에 산에 사는 몬스터들이 대다수다. 몬스터 출몰 지역의 대다수가 산에 있었다.

대한민국 헌터들에게 등산은 일상이라고 보면 되었다.

"이 기회에 운동을 끊어서 뱃살이 왕창 늘고 돼지 되면 어쩌려고?"

"그래도 안 돼. 애초에 내가 오빠 외모를 보고 만났나?"

구체적으로 말하자면 그의 성격을 보고 만난 것이다. 그것이 고맙기는 하지만 지금 상황에서는 아쉬웠다. 변명거리가 없었다.

"애초에 지금 날 설득하려고 해 봤자 다 핑계로밖에 안 들려. 오빠는 내가 괜찮다고 할 때까지 얌전히 침대에 있어."

"이건 고문이야…… 바람 정도 쐬는 건 괜찮잖아?"

"오빠의 산책은 땀을 흘리는 거잖아."

재현은 부정하지 못했다. 가볍게 산책을 한다고 나가 놓고서는 몸이 근질근질해서 땀을 흘리도록 뛰는 경우도 적잖아 있었다. 그와 동거하는 윤정이 제일 잘 알고 있었다.

"지금 내가 일하고 있다고 나가 봐. 주사 아프게 놓을 거야."

단호하게 안 된다고 하는 윤정. 그녀는 그가 먹은 식판을 들고 밖으로 나갔다. 재현은 한숨을 푹 내쉬었다.

몸은 이제 정상이지만, 의사들의 생각은 달랐다.

윤정만이 아니라 다른 의사들도 혹시 모르니 가급적 운동은 피하라고 했기 때문이다. 그 때문에 하루 종일 침대에 있어야 했다.

몰래 나가서 가볍게 산책이라도 할까 몇 번 생각했지만,

윤정은 이미 그가 어떻게 할지 알고 있다는 듯 시간이 날 때마다 찾아왔다.

우연의 일치인지 윤정은 그의 담당 의사이기도 한 덕분이었다. 다른 환자를 돌보다가 대충 시간이 나면 찾아온다. 한숨이 나오는 상황이었다.

어떤 말로도 절대 설득할 수 없을 것이라 생각한 재현이 괴로운 표정을 숨기지 않았다.

"제가 일이 많아서 자주 찾아오지 못할 테니 부탁드릴게요. 그리고 얘들아."

윤정이 구석에서 놀고 있던 정령들을 불렀다. 한 단계 더 성장한 정령들이 조금 어색해 보이기도 했지만 그 귀여움은 변하지 않았다. 윤정이 그들에게 당부했다.

"오빠는 안정을 취해야 하니까 화장실 가는 것 외에 병실 밖으로 나가지 않도록 잘 감시해 줘. 알았지?"

"응, 알았어!"

"그래그래. 착하다."

윤정은 정령들의 머리를 한 번씩 쓰다듬어 주고는 일하러 병실 밖으로 나갔다. 재현은 한숨을 푹 내쉬며 침대에 등을 기댔다. 현주는 탁상에 있던 과일을 칼로 깎고 있었다. 껍질을 전부 깎았을 때쯤 그녀가 사과를 건네며 말했다.

"자, 이제 나가죠. 운동은 안 시키겠지만 잠깐 걷는 정도면 괜찮을 테니까요. 여러분도 이건 비밀이에요?"

현주가 정령들을 바라보며 검지를 입에 댔다. 정령들이 미소를 지으며 고개를 끄덕였다. 정령들도 내심 이 좁은 병실 안에서 놀기 힘들어 밖에 나가고 싶어 했던 것이다.

지금만큼은 다들 한통속이었다.

"역시 스승님밖에 없네요."

재현은 히히 웃으며 자리에서 일어나 현주와 함께 병원 밖으로 나갔다.

일이 바쁘다고 하니 대충 시간은 번 셈이었다. 병원 밖으로 나가자 현주도 그제야 자신의 정령들을 소환했다.

1인실인 터라 너무 북적이는 것도 그래서 소환하지 않았던 것이다. 실라이론과 현주의 다크니아스가 나타나고, 그들이 서로 부둥켜안았다.

얼마 전에 만났으면서 뭐가 그리 반가운지. 볼 때마다 입가에 미소가 지어졌다. 다크니아스들은 서로 다가가지 않았지만 반가운 듯 손을 들어 보였다.

"저는 제자님과 둘이서 대화를 나눌 테니 근처에서 놀고 있으세요."

"네~!"

정령들이 손을 번쩍 들고 와르르 몰려갔다. 몸은 성장했어도 하는 생각은 하급 때나 다를 바 없는 것 같았다.

비교적 활동이 적은 메타리오스는…… 재현의 침대에서 지금 이불을 뒤집어쓰고 잠을 자고 있었다. 혹시 잠시 윤정이 찾아왔을 때를 대비한 위장이라고 보면 되었다. 메타리오스 본인도 만족하는 모양이다.

환자들의 시선은 전부 정령들에게 꽂혀 있었다. 정령의 존재를 모르는 이들은 귀엽고 신기한 외국인 아이들이라고 생각하고 있고, 아는 사람들은 많은 숫자의 정령들을 보고 놀라고 있었다.

병원 앞에 마련되어 있는 쉼터. 그 쉼터 바로 옆에는 편의점이 있었다. 현주가 마실 것을 사와 그에게 건네주었다.

환자의 친인척들이 배달 음식을 시켜 먹거나 하는 곳이다. 평일인 덕분에 인원은 비교적 적었다. 원래 헌터들을 받는 병원인데, 초대형 몬스터 때문에 민간인 환자들도 어렵잖게 볼 수 있었다.

재현과 현주가 의자에 앉았다. 불어오는 바람을 쐬니 갑갑했던 것이 확 날아가는 것 같았다.

"마음 같아서는 병원 밖으로 뛰쳐나가고 싶네요."

"거기까지는 허락하지 못합니다, 제자님."

나가려고 하면 뒤쫓아가서 잡을 용의도 있다면서 미소

를 짓는 현주. 애초에 뛰쳐나가도 바람을 이용하면 얼마 가지 못해서 잡힐 것이 분명한 데다, 윤정에게 한 소리를 들을 것이다. 재현은 그저 잠시 밖에 나온 것만으로 만족하자고 생각했다.

"그나저나 지금 서울은 어때요?"

초대형 몬스터에 의해 파괴된 서울. 인명 피해는 뒤늦게 들었지만 상황이 어떻게 되는지 접하지 못했기에 궁금했다.

"파괴된 잔해들을 치우는 것에 집중하고 있습니다. 잔해들을 모두 치운 후에는 파괴되고 전소된 빌딩을 다시 짓기로 했죠."

마포대교가 무너지며 교통체증을 앓고 있다고 하니 마포대교를 우선적으로 다시 잇는다고 한다. 재현은 어떻게 돌아가고 있는지 간략하게 들은 후, 고개를 끄덕였다. 불행한 사건이지만 다시 원래 일상으로 복귀하려고 딛고 일어나고 있었다.

"그리고 상부에서는 제자님의 존재를 알게 되었습니다. 아무리 부상을 입혔다고 하지만 파괴자를 엄청난 위력으로 처리했으니까요."

"파괴자요?"

"초대형 몬스터의 이름입니다."

보이는 것을 모두 파괴한다 하여 붙은 이름이었다. 어찌 보면 잘 어울리기도 하지만 그만큼 피해를 봤다는 것이니 웃을 수만은 없었다

"어쨌든 지금 중요한 것은 상부에서 제자님을 마스터 헌터급으로 보고 있다는 겁니다."

"……저를요?"

마스터 헌터. 대한민국에서도 손에 꼽히는 최강의 헌터들이다. 그런 엄청난 실력자로 보고 있다니 재현은 얼떨떨한 표정을 지었다.

"S급 몬스터를 일격에 반으로 가르는 건 쉽게 할 수 있는 일이 아니죠."

확실히 맞는 말이었다. S급 몬스터가 괜히 S급이겠는가. S급은 재해급의 몬스터이다. 자연재해만큼 큰 피해를 입힐 수 있다. 그런 몬스터를 일격에 가르는 것은 마스터 헌터라도 쉽게 할 수 있는 일이 아니었다.

"퇴원 후 상부에서 사람을 보내 제자님을 찾아올 겁니다. 마스터 헌터가 될 자격이 있는지 심사를 위한 것이겠지요."

"상급 헌터가 된 지 얼마나 됐다고……."

"그래서 더 난리지만요."

이 정도면 확실히 낙하산 인사였다. 아마 세계적으로 유

례가 없을 정도로 빠른 진급 속도일 것이다.

헌터가 된 지도 이제 곧 3년이 다 되어 간다. 재능이 뛰어나 중급 헌터로 시작한 사람도 있지만, 재현의 경우 모든 과정을 차례로 밟아 가며 진급했다. 애초에 중급 헌터로 시작해서 3년 만에 상급 헌터가 된 이도 없었다.

"그만큼 무섭다는 거죠, 우리 제자님. 남들은 하루 두세 시간 하는 수련을 제자님은 숨 쉬는 것만으로도 수련이 되는 거니까. 여기에 진짜로 수련하면 남들보다 곱절의 정령력을 쌓기도 하고요."

사람이 늘 한결같을 수 없기에 어떤 때는 수련을 거르는 날도 있는 법이다. 그러나 재현의 경우 숨만 쉬어도 수련을 할 수 있으니 성장률이 남들보다 월등할 것이다. 이 기세라면 분명 머지않은 미래에 재현보다 뛰어난 헌터는 찾아보기 힘들 것이리라.

그렇게 잠깐 얘기를 나누니 어느새 홀짝거리며 마셨던 음료수도 비워졌다. 그들은 빈 캔을 근처 분리수거 통에 버렸다. 그리고 잠시 침묵이 이어졌다. 손가락을 빙글빙글 만지던 현주가 그 침묵을 깼다.

"초대형 몬스터 사건 때의 일은 죄송했습니다, 제자님."

현주가 재현에게 고개를 숙였다. 그가 고개를 저었다.

"뭘 죄송까지야. 일도 잘 풀렸고, 저도 멀쩡하니 이제 된 거잖아요."

"너무 어물쩍하게 넘어가는 것 아닌가요?"

"그 당시에 최선의 선택이었으니까요. 지푸라기라도 잡아야 했잖아요."

재현은 죽을 뻔한 이유가 현주 때문임에도 그것을 원망하지 않았다. 비난을 받고, 욕을 먹어도 할 말이 없는 상황이다. 현주도 나름 각오를 하고 있던 것이라서 마음의 준비를 하고 있던 터였다.

"……어쩐지 힘이 빠지네요."

자신에게 악담을 해도 담담하게 받아들이려고 했던 현주인데, 오히려 이해를 해 주니 몸에 힘이 쭉 빠지는 느낌이다. 자신이 재현과 같은 일에 처했으면 충분히 기분이 나빴을 일이다. 그러나 그는 평소와 다를 바 없었다. 안도가 되기도 했지만 그래도 심적으로는 불편한 것이 사실이다. 오히려 실컷 욕이라도 들었으면 시원했을 것 같았다.

"할 수 있는 사람이 저밖에 없었잖아요. 게다가 제가 병실에 눕게 된 것도 수정체의 기운 때문인데. 그것까지 예상하지 못했잖아요. 일부러 그런 것도 아닌 일에 원망할 생각은 추호도 없어요."

"그래도 충분히 저를 욕해도 할 말이 없는 상황이지요."

재현도 맞다는 듯 고개를 끄덕였다.

"네. 제가 나선 것은 정답이었잖아요. 만일 그때 제가 나서지 않았으면 초대형…… 파괴자가 더 밑으로 남하했을 수도 있고요."

피해가 더 확산될 수 있는 상황에서 막을 수 있던 것이니 결과만 보자면 좋았다.

정령들에게도 늘 강조해서 했던 말이기도 했다. 의도하지 않은 행위로는 화를 내지 않는다.

'남들이 착해 빠졌다고 얕볼 것 같네요.'

현주는 그 말을 삼켰다. 남들이 들으면 착해 빠졌다고 생각할지도 모른다. 그러나 그것이 재현의 인성이었다.

살짝 바보같이 착한 사람처럼 보이지만, 남들이 품은 악의에 쉽게 빠질 정도로 어수룩한 사람은 아니었다.

현주가 후후 웃었다. 생각보다 좋게 끝난 이 상황이 황당하기도 하지만 재밌기도 했다. 과연 어떤 이가 이렇게 기분 좋게 끝맺을 수 있을까. 그런 생각을 하며 이제 슬슬 본론을 말하기로 했다.

"제자님. 사실대로 말해 주세요. 수정체의 기운이 사라진 게 아니라 제자님이 무슨 짓을 한 거죠?"

재현이 머리를 긁적였다. 역시 기적적인 일이 아니라는 것을 그녀는 바로 파악한 것이다.

현실적으로 생각했을 때 의사들도 말도 안 되는 일이라

는 걸 잘 알고 있었지만 어떻게 설명하지 못했다.

재현도 말해 봤자 믿지 않을 것이고, 믿는다 하더라도 증명할 수 없으니 소용없으리라고 생각했다.

그러나 현주라면 다를 지도 모른다. 정령에 대해 누구보다도 깊게 이해하고 있는 그녀이니 쉽게 이해해 줄 것이리라.

"실은 어제 의식을 차리고 수정체의 기운들을 전부 정령력으로 바꿔 버렸어요."

"정령력으로 바꿨다고요?"

말이야 쉽지, 현실적으로 그것은 절대 불가능한 일이다. 수정체가 마나와 비슷한 성질을 띤다고 하지만, 인체에 매우 치명적이기 때문이다. 오히려 바꾸려고 하면 수정체의 기운이 반발하기 때문에 깊은 내상을 입게 될 수 있었다. 하지만 재현은 내상을 입은 것 같지도 않았다.

"믿기 힘든 사실이네요."

"네. 그래서 말을 아끼고 있던 참이었어요. 더 믿기 어려운 사실이 하나 더 있고요."

"하나 더 있다고요?"

그녀는 무엇인지 궁금하다는 표정을 숨기지 않았다. 재현은 곧 그녀에게 정령계에 있던 얘기를 해 주었다.

그렇게 한참을 얘기하게 되었다.

"사후의 정령왕이 된다라……."

잠자코 그의 얘기를 들은 현주는 정말 믿을 수 없는 표정을 지었다. 인간이 정령계로 불려가서 정령왕과 대화를 하다니.

다른 세계에는 정령왕과 계약하여 소환까지 해 본 사람이 있다는 이야기를 들은 적이 있다. 그러나 정령계로 불려가는 경우는 이번이 처음이었다.

확인차 재현의 정령들에게 물어보니 전부 사실로 판명되었다. 인간이 정령계로 가다니. 거기다 후대 정령왕으로 생각하고 있다는 말은 더더욱 믿기 힘든 얘기였다.

"어쨌든 제자님은 정령왕에게 신임을 받고 있다는 뜻이로군요."

"뭐…… 그렇죠?"

좋은 게 좋은 거라고. 정령왕의 신임을 받아서 나쁠 건 없다는 생각이 들었다. 정령왕이 직접적으로 도와주지 않겠지만, 간접적으로 어떤 식으로든 도와줄 수도 있기 때문이다.

무엇보다 물의 정령들이 그를 적극 도와준다고 하지 않던가! 그것만큼 큰 메리트는 없을 것 같았다.

"아, 스승님. 그리고 한 가지 더 있어요."

"뭐죠?"

"정령왕이 이 세계에 파도가 한 번 더 일어날 거라고 말했어요."

"파도요?"

파도가 일어난다니? 무슨 소리일까. 어림짐작해도 결코 좋은 뜻으로 한 말은 아닌 것 같았다. 무슨 일이 일어날 것을 정령왕은 뭔가 알고 있는 것 같았다.

"몬스터와 관련된 일일까요?"

"아마도요?"

구체적으로 무슨 뜻에서 그런 말을 했는지 파악하기 힘들었다. 나이아스에게 확인을 하고 싶었지만, 정령왕은 다시 정령의 호수 깊이 들어갔다고 한다. 묻고 싶어도 물을 수 없는 상태인 것이다.

"세계 각지에 비슷한 등급의 몬스터들이 나타난 것도 그렇고. 타이밍을 보았을 때 결코 좋은 얘기는 아닌 것 같네요."

그저 몬스터 준동 정도면 괜찮다. 그 정도면 충분히 막을 수 있을 테니까. 하지만 이것이 더 큰 위험일지도 모른다.

"제가 헌관위에 직접 말해 둘게요. 분명 심상치 않은 일이 벌어질 조짐일 것 같으니까."

위험이 있을 것을 알았으니 미리 대비하기로 한 현주였다.

　　　　　*　　　　　*　　　　　*

　병실에 있게 된 지 어느덧 사흘. 할 일 없이 병실에 누워 있으니 지겨움이 쉽게 떨쳐지지 않았다.

　다행히 세상이 어떻게 돌아가는지 TV로 확인하고, 킵보이로 인터넷을 하며 시간을 때우는 일이 많아졌다. 어떻게든 시간을 보내고 있지만 심심했다. 3일 후 퇴원하지만 그 기간이 억겁의 시간 같았다.

　그나마 이 시간을 버틸 수 있던 것도 정령들이 있는 덕분이었다.

　정령들이 옆에서 말을 걸어주고 대화를 하다 보면 심심함을 달랠 수 있기 때문이다. 대화가 끊기는 것은 재현의 목이 아파 올 때쯤이었다.

　"심심하다."

　그래도 심심한 것은 어쩔 수 없다. TV에서는 아직도 파괴자에 관한 내용이 주를 이루고 있었다.

　영화 채널로 돌려 보기도 했지만, 초대형 몬스터 때문에 영화 채널 몇 개가 아직도 방영되지 않고 있었다.

　잠을 잘까도 생각했지만 그렇게 했다가는 밤에 잠이 안 와서 심심함이 배가 된다. 조용한 새벽에 할 것도 없다. 그렇게 심심함을 달래기 위해 뭔가 할 것을 찾던 재현의 병실에 누군가가 찾아왔다.

"실례합니다."

검은 정장에 선글라스를 낀 건장한 남성이 병실을 찾아왔다. 재현은 병실을 잘못 찾아온 사람인가 싶어 고개를 갸웃거렸다. 독실인데 잘못 찾아올 사람이 몇이나 있을까 생각하면서 물었다.

"누구세요?"

"헌관위에서 왔습니다, 박재현 씨."

"아……."

헌관위에서 온 사람이었다. 자신을 찾아온 사람이 맞구나 생각하며 일단 그에게 간이침대를 내주었다. 헌관위의 사람은 자신을 신주혁이라고 소개하며 자리를 사양했다

"용건만 말하고 돌아갈 겁니다. 남의 눈에 띄어 좋을 건 없으니까요."

주혁은 그렇게 말하더니 그에게 종이를 건넸다. 재현은 그것을 건네받고 이게 뭐냐는 듯 바라보았다.

"마스터 헌터 심사 용지입니다."

"……?!"

재현이 놀란 표정으로 이를 바라보았다.

"마스터 헌터 심사 용지를 왜 저에게……?"

"박재현 씨의 힘을 보고 상부에서 다시 한 번 확인하

기로 했습니다. 상급 헌터가 되신지 얼마 되지 않으셨지만…… 파괴자를 소탕한 것에 박재현 씨의 공이 크다는 것을 알게 되었습니다. 헌관위에서는 박재현 씨를 마스터 헌터와 동급의 힘을 낼 수 있는 사람이라고 판단한 것이지요."

헌터란 힘이 닿으면 헌터 기간에 상관없이 등급을 올릴 수 있었다. 그렇다고는 해도 평균적으로 머무는 기간은 존재하는 법이다. 상급 헌터만 해도 빠듯할 텐데, 재현은 상급 헌터가 된 지 얼마 되지도 않아 마스터 헌터 심사를 볼 자격이 부여되었다.

"심사는 한 달 후입니다."

아직도 얼떨떨한 표정으로 그를 바라보는 재현. 주혁은 이 사항은 기밀이니 남들에게 알리지 말라고 하고는 밖으로 나갔다.

주혁이 병실에 머문 것은 고작 1, 2분 정도. 그러나 그 여파는 상당했다.

*　　　*　　　*

병실에 있게 된 지도 어느덧 일주일. 최종적으로 아무런 문제가 없음이 확인되고, 재현은 드디어 지겨운 병실에서 나올 수 있었다. 윤정도 마침 오늘 비번인 덕분에 재현과 함께 병원에서 나올 수 있었다.

"바깥 공기가 좋긴 하네."

재현이 기지개를 켜며 숨을 크게 들이마셨다. 이를 보던 재희가 피식 웃었다.

"누가 보면 출소한 줄 알겠네. 두부 사 주랴?"

옆에서 빈정대는 재희. 윤정은 그 옆에서 호호 웃었다. 지혜도 흐뭇한 미소를 짓고 있었다.

"그나저나 헌터가 되면 다치는 일이 많은 모양이구나?"

"목숨 걸고 하는 일이잖아, 엄마. 이번에는 누구도 예상 못 한 일이기도 했고 말이야."

재희는 지혜가 또 헌터를 관두게 하려는 것인 줄 알고 그를 두둔해 주었다. 그녀는 그럴 의도가 아니라는 듯 고개를 저었다.

"아들이 좋아서 하는 일이니 말리지는 않을 거야."

"어머니……."

이제 거의 포기한 모양인지 지혜는 더 이상 헌터를 관두게 하겠다는 말을 하지 않았다. 어머니로서 아들의 직업에 대해 걱정하는 것뿐이었다.

헌터가 꼭 나쁜 직업은 아니었다. 인간을 위협하는 존재를 처리해 주는 것이 헌터가 아닌가.

몬스터를 잡아 위협도 없애 주고, 수정체를 얻어 일상에 도움을 준다. 또한 경제에 큰 영향을 미치는 것도 헌터이다. 현 시대에서 헌터는 없어서는 안 될 존재.

위험한 직업이라는 것은 누구도 부정하지 못한다. 그러나 넓게 보면 의미 있는 일을 하고 있는 셈이다.

"그렇지만 이런 일이 자주 있으면 곤란해."

목숨을 걸고 하는 일이라 병원에 자주 가는 거야 어쩔 수 없는 것이라지만, 그래도 그게 큰 걱정거리였다. 지금은 젊어서 괜찮지만 나중에 나이 들어서 몸이 망가지는 것이 아닌가 걱정이 드는 것이었다.

"엄마, 아예 이쪽으로 이사 올까?"

"그것도 괜찮겠구나. 네 레스토랑이 걱정이지만."

"지방에서 하는 것보다 차라리 수도권에서 하는 게 더 좋지 않을까? 안 그래도 체인점 몇 개도 있으니까. 본사를 옮기는 거지."

괜찮은 생각 아니냐며 웃는 재희.

재현은 곤란한 표정으로 그들을 바라보았다. 충분히 그러고도 남을 것이란 생각이 들었기 때문이다.

"그럴 필요까지야."

"농담이란다. 내가 네 아버지랑 추억이 가득한 집을 놔두고 이쪽으로 오겠니?"

지혜의 말에 그제야 안심하는 재현이었다.

"어머니. 언제 돌아가실 거예요?"

"내일 돌아갈 생각이란다."

"그렇게 빨리 돌아가요?"

며칠 정도 더 머무를 것이라 생각했더니 금방 돌아가겠다고 하니 의아한 표정을 숨기지 못했다.

"여기에 머문 게 얼마나 된다고 생각하니? 아들 퇴원하는 것도 봤고, 집을 오래 비울 수도 없으니 이만 돌아가야지."

재현은 머리를 긁적였다. 기껏 찾아왔는데 이대로 보내기가 아쉬운 까닭이다. 재현이 아쉬워하는 걸 지혜가 금방 눈치챘다. 아들의 반응을 일찍 눈치채는 건 역시 어머니만 한 사람이 없었다.

"나중에 며느리랑 함께 오면 되지 않겠니?"

"예?"

"다음에 찾아올 때는 상견례로 찾아와 줬으면 좋겠구나. 어쩜 지금까지 소식이 없니? 엄마는 아들의 소식을 목 빠지도록 기다리고 있단다."

윤정이 옆에서 얼굴을 붉히며 웃고 있었다. 재현은 머리를 긁적였다. 생각이 없는 건 아닌데 언제쯤 할까 아직 타이밍을 잡지 못하고 있는 까닭이다.

'이번에는 마스터 헌터 심사를 준비해야 하고 말이지.'

일정이 상당히 바쁘다. 마스터 헌터 심사를 어떻게 치러야 할지 감도 오지 않았다.

대한민국에서 마스터 헌터는 고작 다섯 명. 심사를 보는 이도 상급 헌터들 중 극소수이다. 또한 마스터 헌터는 국가적 기밀이다. 때문에 정보가 부족할 수밖에 없었다. 검색을 해도 말도 안 되는 루머들뿐.

'나는 어떻게든 된다고 해도 윤정이가 문제지.'

윤정도 시간을 내어야 할 텐데 파괴자의 일로 여전히 바쁜 일상이다. 당시보다 여유로워져서 비번이 생겼다고 하지만 서울의 병원들은 만원 상태였다. 헌터 전문 병원도 크게 다르지 않았다.

"손주부터 낳는 건 어떠니?"

윤정은 얼굴이 더욱 빨갛게 물들고, 재현은 곤란한 표정으로 머리를 긁적거렸다. 아무렇지 않게 이런 말을 하는 것을 보니 재희는 완전히 포기한 상태라고 생각했다.

Chapter 03

마스터 헌터 심사

"마스터 헌터 심사라⋯⋯."

퇴원 후 이튿날, 따로 현주와 만나게 된 재현은 그녀에게 마스터 헌터 심사에 대해 물었다. 가깝게 지내는 사람 중 마스터 헌터는 현주뿐이기 때문이다. 마스터 헌터 심사에 대해 물어보니 현주가 고민을 하기 시작했다.

"혹시 기밀이라서 그런 건가요?"

심사 내용이 잘 안 알려진 이유 중 하나가 기밀이라서 그랬던 것이 아닐까 생각이 든 재현. 하지만 현주는 고개를 저었다.

"기밀이라고 해 봤자 별것 없습니다. A급 몬스터를 혼자서 잡으라는 것이 그 당시 심사 내용이었으니까요."

뭐 그런 무식한 방법이 다 있느냐는 생각하는 재현이지만, 생각해 보니 중급 헌터 마지막 심사 때 몬스터를 잡아오라고 하지 않았던가!

상급 헌터 심사 때 훈련 프로그램만을 이용해서 잠시 잊었다.

"그러나 그때와 내용이 완전히 다를 겁니다. 상급 헌터 심사만 해도 해가 지날 때마다 내용이 바뀌는데, 십여 년 전의 마스터 헌터 심사 내용이면 얼마나 달라졌겠습니까."

가끔은 자신의 상상을 뛰어넘는 심사도 있기 때문에 말해 줘 봤자 혼란만 일으킬 테니 알려 주지 않겠다고 하는 현주.

결국 도움이 되지 않는다는 소리였다. 재현이 한숨을 푹 내쉬었다. 결국 직접 겪어 봐야 한다는 뜻이 아닌가.

"그나저나 마스터 헌터 심사라…… 제자님도 어지간히 말도 안 되는 낙하산이군요."

"자신은 없지만요."

수정체의 기운을 정령력으로 바꾸고, 흡수한 덕분에 그는 파괴자를 소탕했을 때보다 방대한 힘을 보유하고 있었다. 정령력의 양만 따지고 보면 현주보다 압도적이었다.

"처음부터 잘되는 사람은 없습니다, 제자님. 상급 헌터를 한 번에 붙은 것은 좀 의외이긴 했지만요."

현주가 어깨를 으쓱였다. 그녀의 손가락에 있던 반지에서 불빛과 함께 일정한 소리가 울렸다. 그녀가 소리를 껐다.

"저를 호출하는군요. 오늘 파괴자의 일로 대책 논의가 있었거든요."

"바쁜데 제가 발목 잡은 건가요?"

정말 그렇다면 미안한 일이 아닐 수 없다. 그러나 현주는 빙긋 웃으며 고개를 저었다.

"논의하는 시간은 좀 남아서 괜찮습니다. 충분히 가고도 남을 시간이지요. 설사 발목을 잡은 것이라 해도 제자를 돕는 게 스승 아닙니까."

현주는 그러더니 차량에 탑승했다. 처음 만났을 때 봤던 그 스포츠카였다. 그녀가 시동을 걸고 페달을 밟으려고 할 때였다. 재현이 문득 생각났다는 듯 창가를 붙잡았다.

"아, 하나 더 묻고 싶은 게 있어요."

"뭐죠?"

"제가 전에 말했던 파도에 대한 얘기는요?"

정령왕의 말이기에 재현은 신중할 수밖에 없었다. 파도가 몰려온다는 것을 전해 주었기를 바랐다. 현주가 빙그레 웃었다.

"당연히 전했죠."

"다행이네요."

"다행이라고 해야 할까요? 좋은 상황은 아닙니다. 상부에서 무시하고 있으니까요."

"무시한다고요?"

재현이 기가 막힌 표정으로 그녀를 바라보았다. 마스터 헌터의 발언을 무시하다니. 대한민국에서 손에 꼽는 권력 중 하나가 마스터 헌터이다.

"아무도 제 말을 믿지 않는 거지요. 확실히 남들이 들을 때는 허무맹랑한 소리니까요."

정령에 대해 잘 아는 현주는 그의 말을 적극 믿고 있으나, 다른 이들은 허무맹랑한 소리로밖에 안 들릴 것이다.

어쩌면 파괴자와 같은 일이 또 일어날 것이란 말을 믿기 싫었을 수도 있었다.

"믿는다 하더라도 몬스터들이 언제 어디서 나타날지 모르는데 어떻게 해야 할지 모르겠죠."

"그래도 이건 결코 가볍게 넘어갈 수 없는 일 아니에요? 정령왕이 그런 말을 한 건데."

"저도 그것이 걸려서 안 그래도 이번에 확실하게 말할 생각이었습니다. 마스터 헌터들이 전부 모인 자리니까요. 기대 이하로 의견을 수렴해도 염두에 두지 않는 것보다는 나을 겁니다. 위기의식이 있느냐 없느냐에 따라 상황이 완전히 바뀌니까요."

그 정도만 해도 충분하다고 생각했다. 그녀도 자신이 할 수 있는 선에서 최선을 다해 주고 있었다.

허무맹랑한 소리로 넘길 수 있는데 이렇게까지 해 주는 것은 정말 감사해야 할 일이었다.

"그럼 다음에 만나기로 하죠. 제자님은 마스터 헌터 심사 준비에 힘쓰도록 하세요."

현주가 그 말을 남기고 차를 운전해 순식간에 멀리 사라졌다. 재현은 난감한 표정을 지었다.

결국 마스터 헌터 심사에 대해 구체적으로 무엇을 해야 할지도 모른 채 심사를 보게 될 것 같았다. 상당히 난감한 상황이 아닐 수 없었다.

"막연히 수련이나 해야 하나?"

일단 정령력으로 바꾼 수정체의 기운을 자신의 힘으로 온전히 흡수하는 데 주력하자고 생각하며 머리를 긁적였다.

*　　　*　　　*

그렇게 한 달이라는 시간이 순식간에 지나가고, 재현의

킵보이로 공지가 날아왔다.

[개인 공지]
이름: 박재현
헌터 등록 번호: 035-96911477
 -마스터 헌터 심사 예정자들에게 자동 전송되는 공
지입니다. 5월 4일까지 능력 검사를 하여 능력 정보를 최
신화시켜 주시기 바랍니다. 5월 6일, 구로 헌터 집합소에
서 마스터 헌터 심사가 있을 예정입니다. 일정에 착오 없
으시기 바랍니다.

심사일은 사흘 뒤였다. 재현은 한숨을 푹 내쉬었다. 올
것이 왔다. 이제 곧 마스터 헌터 심사인 것이다.

그간 수련을 통해 정령력으로 변한 수정체 기운의 대부
분을 그의 힘으로 바꿨다. 그러나 아직 조금 부족한 것은
사실이었다.

"그때까지 힘을 온전히 내 것으로 만든다고 해도……
과연 합격할 수 있으려나?"

재현은 깊은 한숨을 내쉬며 조용히 자신의 무릎을 베고
잠들어 있는 메타리오스의 머리를 쓰다듬었다.

방에서 놀고 있던 나이아스와 썬더라스 그리고 노에아

넨이 그에게 다가왔다. 아마 그의 복잡한 기운을 느끼고 다가온 것이리라.

"무슨 일 있어, 재현아?"

"또 이상한 고민하고 있는 거 아니야?"

"무슨 일인지 저희에게 말해 주세요."

나이아스는 궁금하다는 표정이고, 썬더라스는 약간 시큰둥해 보였다. 반면 노에아넨은 그 걱정을 조금이라도 덜어 주려는 선생님처럼 보였다. 재현은 잠시 고민하다가 그들에게 자신의 고민을 털었다.

"마스터 헌터 심사에 뭘 해야 될지 몰라서 말이야. 준비하라고 해도 뭘 해야 할지 몰라서 막연히 수련만 하고 있기도 하고."

노에아넨이 고개를 갸웃거렸다. 다른 정령들도 마찬가지였다. 아무래도 정령들에게 어려운 얘기인가 싶었다. 정령들과 달리 인간은 치열하게 사는 종족이니까. 그런 와중 다크니아스가 재현의 등에 자신의 등을 기대어 왔다.

"고작 그것으로 걱정하고 그래? 재현이는 이상해."

다들 재현의 곁에 모여 등을 기대거나 머리를 높이고 있었다.

"다크니아스. 너는 그렇게 신경 쓰지 않겠지만, 나한테는 조금 신경 쓰이는 일이니까."

다크니아스가 재현의 머리카락으로 장난치며 말을 이었다.

"그러니까 이상하다는 거잖아. 떨어져도 상관없잖아. 뭘 그렇게 조급해하고 신경 쓰는 건데?"

그 말에 재현이 고개를 갸웃거렸다.

"합격하는 게 좋잖아?"

"그렇기야 하지. 나도 인간을 어느 정도 이해하고 있고, 헌터라는 개념 속의 등급이 어떤 의미인지 알고 있으니까. 하지만 좀 이상하지 않아?"

"뭐가?"

"재현이는 왜 굳이 마스터 헌터가 되기를 바라고 있는 거야? 왜 이렇게 마스터 헌터가 되고 싶은 생각이 간절해?"

뭘 묻느냐는 듯 피식 웃으며 대답하려고 하는 재현. 그러나 그의 입은 벌어졌을지언정 말이 새어 나오지 않았다.

'그러고 보니…… 왜 내가 마스터 헌터가 되고 싶어 하는 거지?'

아무리 생각해도 이유가 없었다. 중급 헌터까지는 그래도 돈이라는 목적이 있어서 되었고, 상급 헌터는 더 강한 몬스터를 잡고 싶은 이유가 컸다. 하지만 마스터 헌터랑 상급 헌터랑 차이점이 있을까?

헌터의 등급과 권력을 갖는다는 것만 다르지, 하는 일은 거의 비슷하다.

오히려 마스터 헌터가 더 일이 많았다. 게다가 해외에서 도움을 요청하면 그쪽으로 가야 하는 일도 많았다.

현주를 봐 왔기 때문에 어떤 일을 하고 있는지, 얼마나 바쁜지는 대략적으로 알고 있었다.

"글쎄?"

생각해 보니 굳이 마스터 헌터가 되어야 할 이유가 있나 싶기도 했다.

상급 헌터만 되어도 어떤 곳이든 갈 수 있었다. 어디에서나 먹힐 법한 뛰어난 헌터를 가리키는 것과 다름이 없다. 그런 그가 굳이 마스터 헌터가 되어야 할 이유는 없었다.

"아니면 더 높이 올라가고 싶다 그런 생각을 갖고 있는 거야?"

"……."

능력 면으로는 그럴지도 모른다. 하지만 권력은 아니었다. 권력을 갖고 싶다거나 그런 생각은 없었기 때문이다.

사람들을 부려 봤자 더 피곤하다는 것을 잘 알기 때문이다. 위로 올라가면 그만큼 어깨가 무거워지는 법이다. 재현은 그런 무거운 위치에 있는 것을 바라는 편이 아니었다.

"어차피 떨어져도 괜찮잖아. 상급 헌터가 된 지 얼마나 되었다고 벌써 그런 생각을 해?"

오히려 붙을 것이라는 생각을 하는 것 자체가 이상한 일이다. 생각해 보니 다크니아스가 맞는 말을 했다. 자신은 왜 떨어지는 걸 두려워하는 걸까? 솔직히 지금도 충분히 만족해야 할 일이 아닌가 하는 생각이 들었다.

"이미 충분히 성공했으면서. 욕심쟁이지, 우리의 계약자도."

"성공했다고?"

"응. 인간이 생각하는 성공은 이미 이뤘잖아?"

그 말에 재현은 뭔가 한 가지 생각이 들었다. 과연 정말 이것이 성공한 인생일까. 돈도 있고, 헌터계에서도 알아줄 만한 위치에 서 있는 것도 사실이다. 여기에 마스터 헌터 심사까지 보는 경지에 이르렀다. 무엇보다 헌터로 일하기 전 취직을 하려고 했던 과거의 자신이 지금의 모습을 보면 무슨 생각을 할까?

이게 정말 성공했다고 할 수 있는 일일까?

"……."

그 답은 '모르겠다'였다. 과거의 자신이었다면 분명 크게 성공했다고 말할지도 모르지만…… 지금의 자신은 최소한 성공했다고 보기 어려웠다.

어쩌다 보니 운디네랑 계약을 하게 되어 헌터가 되었고, 정령력에 대한 선천적인 재능이 뛰어난 덕분에 이리되었다. 노력도 했지만 노력보다 재능과 운이 이곳까지 안내해 준 것 같았다.

노력보다 운으로 된 경우가 강하다고 스스로 생각하고 있었다.

남들은 생고생하면서 중급 헌터가 되는데, 재현은 남들에 비하면 이렇다 할 노력이 적었다. 죽을 위기는 자신보다 다른 헌터들이 더 많이 넘겼을 것이다.

'뭔가…… 삶에 큰 의미가 없는 느낌이야.'

머리가 복잡해졌다. 남들은 다들 뜻이 있지만 재현은 뜻이 없었다. 취직하려고 할 때도 막연히 돈을 벌고 싶어 취직하려고 했을 뿐이다.

배를 곯으며 생활하던 그때에 비하면 지금은 배부른 고민일지도 모르지만, 그래도 의미가 없으니 뭔가 텅 빈 느낌이었다.

"복잡한 생각을 해 봤자 지금 당장 나오는 건 없어."

샐레아나는 재현의 무릎에 앉아 자신의 등을 기대어 왔다. 정령들과 지내면서 가장 애교가 많은 것은 샐레아나였다.

과거 좋지 않은 기억 때문에 스스로 사람을 멀리한 탓인지, 그 반동으로 신뢰하는 이에게 적극적으로 다가왔다.

덕분에 이렇게 안아 주는 일도 자주 있었다.

"인간은 살아가면서 배우는 종족이잖아. 그 답은 분명 언젠가 알게 될 거야."

재현은 미소를 지었다. 그것도 맞는 말이다. 지금 당장 고민해 봤자 나오는 건 없다. 그저 무엇을 할지 답을 찾는 것만이 유일한 길이었다.

*　　　*　　　*

마스터 헌터 심사를 보는 장소에 일찍 도착한 재현. 구로까지 그렇게 멀지 않은 덕분에 그는 차를 끌고 오기보다 지하철을 타고 왔다. 사람들이 적을 것이라 예상했지만, 어째서인지 재현 혼자 외로이 대기실에 있어야 했다.

마스터 헌터 심사를 보는 사람들은 한정되어 있다. 상급 헌터 500여 명 중에서 심사를 보는 이는 다섯 명 미만이라고 할 정도니 말은 다한 셈이다.

"설마 나뿐인가?"

시간이 거의 다 되었음에도 다른 헌터들은 코빼기도 보이지 않았다. 그러고 보니 이곳에 들어오면서도 대기 번호표를 받지 않았다.

대기 번호를 받을 만큼 많지 않아서 그러려니 하고 있었지만, 설마 한 명도 없어서 안 준 것이 아닐까 싶었다.

그럴 리가 있겠는가 싶었지만, 추측은 거의 현실이 되는 것 같았다.

콰아앙!

"세이~~프!"

어떤 사람이 요란한 소리와 함께 대기실 문을 박살 내며 들어왔다.

재현은 얼떨떨한 표정으로 바닥에 나뒹구는 대기실 문과 땀을 훔치는 누군가를 바라보고 있었다.

황당한 표정이 떠나질 않는데, 그녀와 눈이 마주쳤다. 구시대적인 안경을 쓴 그녀는 교관이었다.

"세이프는 뭐가 세이프야!"

뒤이어 들어온 또 다른 교관이 그녀의 머리를 있는 힘껏 후려쳤다. 종이로 내려쳤음에도 빡 소리가 난 것을 보면 만만치 않게 아팠으리라.

"윽! 왜 때려요!"

그녀가 항의하듯 교관에게 대들었다. 재현은 이게 뭔가 싶어 멍하니 이를 바라보고 있었다.

"맞을 만한 짓을 했으니까 때리지!"

"오늘은 지각 안 했다고요!"

"그게 문제냐? 대기실 문을 박살 내다니. 지금 제정신이야? 상부에 이거 어떻게 설명할 건데? 기물 파손으로 내가 보고 올릴까? 시말서 또 쓸래?"

"윽! 선배, 그것만은 제발……."

"심사 끝나고 시말서 써서 제출해!"

"히잉!"

서로 아옹다옹하는 것을 보며 재현은 어떻게 해야 할지 모르겠다는 듯 멀뚱히 이를 바라보았다. 그녀를 혼내던 교관과 눈이 마주쳤다.

"이번에 마스터 헌터 심사를 보게 된 박재현 씨죠?"

"예."

"저는 조영욱 교관이라고 합니다. 이번에 박재현 씨를 심사하게 될 심사위원입니다. 그리고 옆에 있는 녀석은 후배이긴 한데…… 이래 보여도 꽤 유능한 녀석이니 안심해 주세요."

"심사위원을 맡은 조인혜라고 합니다."

"……."

안심하라고 해도 뭘 안심해야 할지 모르겠다는 표정의 재현. 그런 그를 신경 쓰지 않고, 조영욱은 재현의 정보를 확인했다.

이름: 박재현

헌터 등록 번호: 035-96911477

능력: 정령사(소환계, 변신계)

발전성: 측정 불가   위력: 측정 불가

유지력: 측정 불가   치유력: 측정 불가

범위력: 측정 불가   순간 위력: 측정 불가

ㅡ다른 정령사와 달리 정령에 대한 제한이 없음. 현재 물의 정령, 번개의 정령, 금속의 정령, 땅의 정령, 어둠의 정령, 불의 정령과 계약했으며 전부 상급 정령임.

〈헌터 기록〉

2035년 수습 헌터

2036년 초급 헌터

2037년 중급 헌터

2038년 상급 헌터

2038년 한강 저지선에서 '파괴자' 소탕에 큰 기여.

그는 그의 정보를 보고 할 말을 잃었다. 말도 안 되는 일이었다.

수습 헌터부터 지금까지 착실히 밟은 것은 확인이 되었는데, 너무나 빠른 진급이다. 낙하산 인사도 이 정도로 빠를 수는 없을 것이다.

헌터의 특성상 능력으로 평가받아 심사를 통해 등급을 착실하게 밟아갈 수 있다고 하지만, 이건 너무한 것 아닌가 하는 생각이 들었다.

남들은 10년이 지나야 간신히 중급 헌터가 될까 말까 한데, 그는 헌터가 된 지 1년여 만에 중급 헌터가 되어 버렸다.

'게다가 파괴자 소탕에 큰 기여를 했다니……'

얼마 전 출몰해서 남산타워부터 마포대교까지 유린한 파괴자. 자세한 내용은 알 수 없지만 분명 심상치 않은 헌터임은 확실했다.

"오늘 처음 마스터 헌터 심사를 보시는군요. 헌터가 된 지 얼마 안 되셨는데 벌써 마스터 헌터라니."

대충 상부에서 주시하고 있다는 소식을 듣기는 했지만 왜 주시하는지 잘 몰랐던 조영욱. 그의 기록을 보고서야 대충 이해할 수 있었다.

헌터가 된 지 이제 3년밖에 안 된 재현. 그런 그가 벌써 마스터 헌터 심사를 보게 되니 놀라울 따름이다.

마스터 헌터가 되기까지 세계 최단 기록이 10년인 것을 감안하면 말도 안 되는 속도인 것이다.

'게다가 상급 헌터가 된 지도 얼마 안 됐어.'

수습 헌터부터 현재까지 그의 진급 속도는 말도 안 된다. 헌터에게 중요하다고 할 수 있는 발전성이 측정 불가 수치인 것을 보면 충분히 그럴 법도 하다.

　발전성은 수습 헌터에서 소폭 상승하는 경우가 대다수지만, 그의 경우 전부 측정 불가였다. 능력을 측정할 수 있는 기기가 정확히 측정할 수 있는 수치가 2000임을 감안하면 그 이상이라는 소리였다. 측정 불가는 최신형 기기조차 가늠할 수 없다는 뜻이다.

　'전부 측정 불가라니. 이미 인간의 영역이 아니로군.'

　마스터 헌터들 중 측정 불가 수치가 한두 개는 있다고 하지만, 그의 경우는 말도 안 되는 수치를 자랑했다. 치유력 자체도 2000을 넘었다는 것은 가히 몬스터라고 불릴 수 있을 정도였다.

　세포 재생 능력을 갖고 있는 중급 헌터의 치유력이 900임을 감안하면 말도 안 되는 수치인 것이다. 물의 정령이 치유력을 높여 준다지만 이건 아니다 싶었다.

　능력을 측정한 곳에서도 이 수치를 보고 어떤 생각을 했는지 궁금할 지경이었다.

　"훈련 프로그램에 들어가서 재현 씨의 능력을 보게 될 겁니다. 그곳에 나타나는 몬스터와 열심히 싸워 주시기만 하면 됩니다. 혼자인 것을 감안한 전투력으로 나오게 될 겁니다."

"그게 전부인가요?"

뭔가 더 있을 것이라 생각했는데 영욱은 고개를 끄덕였다. 정말 그것이 전부였기 때문이다.

훈련 프로그램에 들어가서 몬스터만 잡으면 된다. 쉬워 보이지만 그 안에서 무엇을 할지 모르기에 내심 긴장이 되었다.

"10분 후, 훈련 프로그램을 가동시킬 겁니다. 그때까지 준비해 주시기 바랍니다."

재현은 목 뒤로 침을 꼴깍 삼켰다. 긴장감이 다시 엄습했다.

*　　*　　*

훈련 프로그램 내부. 하얀색 벽지로 가득한 공간에 재현이 홀로 남겨졌다. 그는 긴장을 풀기 위해 일부러 몸을 움직였다. 움직이면서 긴장과 함께 몸을 풀고 있는 것이다. 한참을 그렇게 하던 재현. 곧 스피커에서 조영욱의 목소리가 들려왔다.

―훈련 프로그램을 시작하겠습니다. 박재현 씨, 준비해 주시기 바랍니다.

"애들아, 나와."

재현은 정령들을 전부 소환하고 바로 전투 준비에 임했다. 어떤 몬스터가 나올지 모르지만 그는 자신만만해하고 있었다.

혼자인 것을 감안해서 몬스터의 위력을 낮춰서 나타나게 하겠다고 하니 그에게는 환영이었다.

'그래도 방심하지 말자.'

방심은 가장 주의해야 할 적이다. 아무리 몬스터가 약화된다고 해도 방심으로 인해 당할 위험이 크다. 곧 하얀 배경이 도심으로 바뀌었다. 어딘지 모를 도심 한가운데에 재현만 덩그러니 있었다. 도시는 파괴되고, 전소된 빌딩들로 가득했다.

"유령 도시인가?"

상급 헌터 심사처럼 민간인을 구해서 점수를 얻는 것에는 기대할 수 없을 것 같았다. 애초에 이미 한 것을 마스터 헌터 심사 때 할 것 같지도 않았다.

"내가 몬스터를 찾아야 하나?"

주위를 둘러보았지만 몬스터는 코빼기도 보이지 않았다. 결국 이동하면서 찾아야 하나 생각하며 발을 내디디려는 순간이었다.

"발밑이에요!"

노에아넨의 말에 재현이 내딛던 발에 힘을 주어 황급히 뒤로 점프했다. 그 순간, 방금 전 그가 있던 자리에 거대한 가시가 튀어나왔다.

"뭐야, 저건?"

피하면서도 의아함을 감추지 못한 재현은 아스팔트를 뚫고 위로 치솟은 가시를 멍하니 바라보았다. 가시는 다시 아스팔트 속으로 들어갔다.

"땅속에 숨어서 공격하는 몬스터인가?"

무슨 몬스터인지는 모르지만 재현은 일단 녀석을 지상으로 끌고 오기로 했다. 재현은 녀석이 만들어 낸 구멍을 가리켰다.

"샐레아나. 녀석이 나올 때까지 저 속에 불길을 일으켜."

재현은 녀석을 산소 결핍 상태로 만들려는 것이다. 숨 쉴 공간이 있다 해도 제한된 공간에서 산소가 부족해져서 어떻게든 빠져나올 것이다. 제아무리 몬스터라도 공기가 없으면 살 수 없었다. 그의 예상대로 구멍 속으로 불길이 일어나자 곧 산소가 떨어졌는지, 대지가 진동했다. 곧 녀석이 아스팔트를 부수며 지상으로 나왔다. 산소 결핍으로 견디지 못하고 지상으로 튀어나온 것이다. 그제야 재현은 녀석의 모습을 확인할 수 있었다.

난생처음 보는 몬스터였다. 등에 오돌토돌 가시가 있는

것은 털이었다. 고슴도치와 비슷한 몬스터였다.

'고슴도치는 귀엽기라도 하지.'

그러나 저 몬스터는 귀여운 면모가 전혀 없었다. 흉측함 그 자체다. 등에 솟은 가시는 사람의 살을 아무렇지 않게 꿰어 버릴 정도로 날카롭다.

"등껍질인가?"

보이지 않는 곳에서 기습하는 녀석이니 조심해야 할 몬스터임은 확실하다. 하지만 지상에 나온 이상, 녀석은 그 장점을 살리지 못한다. 또 땅속으로 파고 들어가면 똑같이 해서 나오게 할 생각이다.

"샐레아나. 저 녀석을 태워 버려."

제아무리 날카롭다 한들 털인 이상 탈 수밖에 없다. 재현의 말에 따라 녀석을 태워 버리는 샐레아나. 녀석이 발버둥 치기 시작했지만, 불은 꺼지지 않았다. 결국 녀석은 완전히 태워질 때까지 발버둥 치고, 곧 사라져 버렸다. 몬스터가 완전히 죽었다는 뜻이었다.

"너무 싱거운데?"

재현은 머리를 긁적였다. 생각보다 너무 쉽게 죽인 탓에 별로 한 것 같지도 않았다.

*   *   *

"후우, 너무하는군."

조영욱은 그의 상황을 모니터링하고 있었다. 이번에 내보낸 몬스터는 가시쥐라는 몬스터로, 많은 헌터들을 죽음으로 몰아간 몬스터이다.

땅의 정령 때문에 금방 알아챌 것이란 생각은 했지만, 설마 공격조차 하기 전에 존재를 알아챌 줄이야.

"게다가 시작한 지 고작 30초 만에 끝내 버리다니."

가시쥐는 B급 몬스터이긴 하지만 그래도 상위 몬스터에 속하는 녀석이기도 했다. 보이지 않는 곳에서 기습하는 몬스터라서 두려움의 대상이다.

여기서 고전할 줄 알았는데, 오판이었다. 불을 이용해 산소 결핍 상태로 만들어 버리고 손쉽게 지상으로 끌어내서 불태워 버렸다. 이런 헌터는 난생처음이었다.

"게다가 다룰 수 있는 속성이 너무 많아요."

조인혜도 마찬가지로 난감한 표정이었다. 물, 번개, 금속, 땅, 어둠, 불을 사용하는 재현.

능력자들마다 천적이 있기 마련인데, 그에게는 천적이 거의 없다고 봐도 무방했다. 어찌 되었든 그가 공격해서 통하는 몬스터는 반드시 있기 때문이다.

천적이 없다는 것은 그만큼 유리한 위치에서 싸울 수 있다는 뜻이었다.

헌터로써 확실히 좋은 조건일지 모른다. 하지만 이렇게 되면 평가고 뭐고 의미가 없어졌다.

마스터 헌터는 자신의 천적들을 내보내서 이김으로써 극복하는 테스트이기 때문이다.

"상부에 이걸 어떻게 말해야 되지?"

너무 압도적이라고 할까. 확실히 파괴자 소탕에 큰 기여를 한 사람이니 이 정도는 예상했어야 하지 않았나 싶었다.

"속성 공격이 거의 안 먹히는 몬스터를 위주로 내보내도록 하자. 이것까지 잡는다 하더라도 마지막 몬스터는 상대하기 버거울 테니까."

조인혜는 고개를 끄덕였다.

*　　　*　　　*

"이건 또 뭐야?"

가시쥐가 사라지고 또 다른 몬스터가 그의 눈앞에 나타났다. 그의 눈앞에 나타난 몬스터는 골렘이었다.

육중하고 거대한 몸을 움직일 때마다 아스팔트가 갈라지고, 땅이 작게 울렸다.

"이거 골렘 아냐? 왜 이렇게 크지?"

수원에서 몬스터가 출몰할 때, 그는 골렘을 만난 적이 있었다. 그러나 눈앞에 보이는 골렘은 그때 봤던 것보다 몇 배는 컸다. 자신의 키에 4배는 되었다. 또한 덩치도 만만치 않았다.

이름: 아이언 골렘

등급: B+

종류: 석상과

－강철로 만들어진 몬스터. 주로 던전이나 광산에서 많이 나타난다. 단단한 몸은 물리 공격력마저 반감시킨다.

주의: 물리 공격 반감, 속성 공격 반감

약점: 수정체

어마어마한 녀석이 나타나 버렸다. 자신의 공격이 거의 먹히지 않는 몬스터라서 재현도 당황할 수밖에 없었다.

물리 공격도, 속성 공격도 반감시켜 버리는 엄청난 녀석이다. 100의 공격을 하면 그 절반의 공격만 받는다는 소리였다. 사실상 수정체를 파괴해야만 이길 수 있는 몬스터였다. 다만 문제는 그 수정체도 녀석의 단단한 갑옷 내부에 있다는 것이다.

"이건 좀 아닌 것 같은데……."

B+급 몬스터라면 확실히 고전할 만한 몬스터였다. 그러나 그는 물러날 생각이 없었다. 어차피 가상의 프로그램이다. 녀석의 주먹을 현실에서 맞는다고 하면 분명히 죽겠지만, 프로그램이라서 아픔은 느껴지지 않는다. 문제라면 재현이 죽음을 당할 위력을 맞게 된다면 그 즉시 상황이 종료된다는 것이다.

"안 되면 되게 하는 것뿐이지."

물러날 생각은 추호도 없었다. 그는 땅을 굴렀다. 그의 주변으로 파동이 퍼져 나간다. 주변에 지진이 일어난 것처럼 흔들리기 시작했다. 녀석이 중심을 잃고 쓰러진다. 그 순간 재현의 발밑에 있던 아스팔트가 부서지며 흙이 치솟아 올라 발판을 만들어 주었다.

"다크니아스. 쉐도우 바인드."

다크니아스가 그림자를 이용해 녀석의 몸을 강하게 옥죄었다. 재현이 두 손을 벌렸다.

"메타리오스. 더블 블레이드."

메타리오스가 즉시 사철을 모아 검을 만들었다. 그의 두 손에 두 개의 검이 생겨났다. 짧지도, 길지도 않은 적당한 크기의 환도가 들렸다.

"후읍!"

그가 숨을 깊게 들이마시더니 그대로 뛰어내렸다. 빌딩 4층 높이에서 망설임 없이 뛰어내리는 재현. 그는 사철로 만들어진 검에 악력을 더하고, 정령력을 불어넣었다.

이 정도 높이에서 능력으로 만든 검에 정령력까지 불어넣었다면 분명 녀석도 큰 타격을 입힐 것이라 생각한 것이다. 그의 생각은 정확했다.

콰득!

그의 검이 녀석의 철갑을 뚫었다. 그의 무게, 중력, 힘이 합쳐져 녀석의 철갑을 뚫은 것이다.

"고오오오!"

철로 뒤덮인 갑옷 안에서 소리가 울렸다. 녀석도 괴로웠던 모양이다. 하지만 여기서 멈출 재현이 아니다.

"블레이즈!"

그의 검에서 화염으로 뒤덮이며 녀석의 내부를 뜨겁게 달구었다. 녀석이 발버둥 치려고 했지만 소용이 없었다. 이것으로 부족하다고 느낀 재현이 황급히 자리에서 일어나 뒤로 물러나며 소리쳤다.

"다크니스 블레이즈!"

그의 손에 검은 기운이 몰아치며 불과 융합했다. 절대 꺼지지 않는 지옥불이 녀석의 몸을 뜨겁게 달구기 시작했다.

"오오오오오!"

녀석이 괴로움에 난동을 부린다. 마지막 발악으로 벌떡 일어나서 그에게 달려들려고 했지만, 어리석은 짓이다.

녀석의 다리는 이미 붉게 물들어 있다. 방금 전까지 녀석의 무게를 버티던 다리가 붉은 쇠가 되니 버티지 못했다. 녀석의 몸이 허무하게 무너졌다.

"후우!"

재현은 숨을 고르기 시작했다.

방금 전 기술은 다크니아스와 샐레아나의 합체 기술이다. 불의 뜨거움과 어둠의 지속성을 합쳐 만들어 낸 화염이다.

상대를 완전히 불태울 때까지 꺼지지 않는 불이다.

일반적인 물로도 절대 꺼지지 않는 불이며 오직 정령수를 부어야 하는 무서운 기술이다. 매우 강력한 기술이지만 그는 이것을 애용하지 못했다.

정령력이 꽤 많이 소모되는 까닭이다. 어둠의 힘은 정령력의 소모가 매우 컸다. 어둠의 힘이 섞인 만큼 소모되는 정령력이 컸다. 그는 정화수를 마셔서 정령력을 회복시켰다. 마침 녀석의 몸이 사라졌다. 그리고 곧 또 다른 몬스터가 나타났다.

"도대체 얼마나 더 잡아야 되지?"

일단 몬스터를 잡으면 된다고 하니 재현은 눈앞에 나타나는 몬스터를 잡아 낼 뿐이다.

*　　　*　　　*

강한 몬스터를 열 차례 쉬지 않고 내보내어 극한을 체험하고, 극한의 한계를 돌파해 몬스터를 전부 이겨내는 것이 이번 심사의 목적이다. 하지만 그는 생각보다 빠르게 몬스터를 몰아붙이고 리타이어를 시켜 버렸다.

마스터 헌터 심사를 보는 이들 중 이토록 빠르게 잡는 이들이 얼마나 있을까. 때로는 생각지도 못한 방법으로 몬스터를 잡는 까닭에 연신 감탄할 정도였다. 벌써 그가 잡아낸 몬스터만 해도 여섯 마리째이다.

"심사자를 극한까지 몰아붙이는 게 목적인데…… 그것이 쉽지 않군."

얼마나 방대한 양의 힘을 보유하고 있는 것인지, 그는 막강한 힘으로 몬스터를 찍어 누르고 있었다.

B급 몬스터들 위주로 내보냈다고 해도 이렇게까지 몰아붙이는 헌터들은 드물었다.

정말 이제 갓 상급 헌터가 된 자가 맞는지 의심이 될 정도였다.

모니터에 비친 재현은 지금 막 일곱 번째 몬스터를 잡은 참이다. 프로그램의 몬스터들이 5분을 버티지 못하고 리타이어 되어 버린다.

"심사자도 슬슬 지치기 시작한 것 같아요."

모니터에 비춰진 재현은 땀을 흘리고 있었다.

육체적으로 움직이는 양은 적었지만, 그만큼 기운을 많이 소비했다는 뜻이리라. 이것은 조영욱에게 있어 반가운 소식이었다. 드디어 심사 내용에 슬슬 부합되기 시작한 것이다.

확실히 몬스터를 강한 힘으로 압도하기는 했지만, 그만한 공격력이면 소비량도 만만치 않았을 것이다.

마스터 헌터는 능력 면으로 강하다고 되는 것은 아니다. 몬스터와의 싸움은 때로 많은 정신력을 요구한다. 또한 불가능을 알면서도 시간을 벌기 위해 발악해야 했다. 여기까지는 합격점이라고 말해 주고 싶지만, 최종적으로 마스터 헌터가 되기 위해서는 하나의 시련이 남아 있었다.

"이렇게 강한 사람도 분명 두려워하는 몬스터가 있겠죠? 마지막에 나타날 몬스터가 무엇인지 기대가 되네요, 선배."

조영욱도 마찬가지라는 듯 고개를 끄덕였다.

* * *

"도대체 몇 마리째야?"

재현은 툴툴거리며 소매로 땀을 훔쳤다. 도대체 몇 마리의 몬스터를 잡았을까. 그는 키가 3미터 정도 되는 웨어울프를 잡아낸 참이었다.

쉴 시간조차 주지 않고 계속 나오니 이제 슬슬 힘에 부치기 시작했다. 정화수를 마신 덕분에 조금씩 정령력이 회복되고는 있지만, 소비되는 양이 더 많았다.

"이제 아홉 마리째야. 처음부터 정령력을 너무 많이 소비한 것 같아."

나이아스가 정화수를 새로 만들어 그에게 건네주었다. 나타나는 몬스터가 구체적으로 몇 마리인지 알고 있었다면 처음부터 전력으로 싸우지는 않았을 것이다.

수정체의 기운을 정령력으로 바꾼 덕분에 이 정도 버틴 것이지, 그게 아니었으면 진즉에 정령력이 고갈되어 기절했을 것이다.

화아악!

아홉 마리째의 몬스터가 사라지고 또 다른 빛이 모여들었다. 새로운 몬스터가 추가된다는 의미였다.

재현은 이번이 제발 마지막이길 빌었다. 이 이상 싸우

면 현역에서 뛰고 있는 마스터 헌터라도 힘들 수밖에 없을 것이라 생각했다. 심사자라고 해도 그는 아직 상급 헌터이다.

그 전에 사람을 너무 혹사시키는 게 아닐까 생각하며 그는 빛의 형체가 완성되기를 기다렸다. 꽤나 거대한 몬스터인지 만들어지는 시간도 조금 오래 걸렸다.

"힘내자, 얘들아! 기합 넣고 싸우자!"

재현이 정령들의 사기를 진작시켰다. 정령들이 힘차게 기합을 넣고 몬스터가 형태를 갖출 때까지 기다렸다. 그리고 곧 몬스터의 모습이 완전히 만들어졌다. 녀석의 모습이 완벽한 형체를 갖춘 순간, 재현의 머릿속이 순식간에 백지장처럼 하얗게 변해 버렸다.

"재현아?"

방금 전까지 그 기세는 어디로 갔는지 재현의 눈이 화등잔처럼 동그랗게 커진 채, 녀석을 두려운 눈으로 바라보고 있었다. 나이아스가 그의 어깨를 흔들었지만 그는 쉽게 정신을 차리지 못했다.

"재현아, 정신 차려!"

녀석은 살기 어린 눈으로 그에게 다가오고 있다. 그럴수록 정령들이 재현을 불렀지만, 그는 이미 공황 상태에 빠져 있었다.

결국 지척까지 오우거가 다가왔지만, 그는 움직일 수 없었다.

익숙한 몬스터. 재현의 동공에 지진이라도 일어난 것처럼 쉬지 않고 떨렸다. 눈앞에 나타난 몬스터는 바로……

"오우거……."

"쿠워어어어!!"

녀석의 거대한 괴성이 그의 고막을 강하게 때렸다.

*　　　*　　　*

모니터링을 하고 있던 조영욱과 조혜연이 아쉬운 탄성을 자아냈다. 지금까지 잘해 냈던 재현이 마지막에 오우거를 보고 아무 행동도 못 한 것을 보고 안타까웠던 것이다.

훈련 프로그램은 심사자가 몬스터와 싸우는 동안 상대의 트라우마 몬스터가 무엇인지 분석해서 마지막에 내보낸다.

극한의 상황을 극복하고, 트라우마를 이겨내는 것이 이번 심사의 최종 목적이다.

설마 이렇게 압도적인 위용을 보여 주었던 그가 가장 두려워하는 몬스터가 오우거일 줄은 상상도 못 했다.

"아쉽군."

조영욱은 아쉬움을 감추지 못했다. 오우거가 나타나기 전까지 잘해 냈기 때문에 아쉬움은 더 컸다. 조혜연도 조영욱처럼 자신의 일인 것처럼 아쉬워했다.

설마 파괴자 소탕에 큰 기여를 한 그가 오우거에게 이렇게 약한 모습을 보일 줄은 몰랐다.

모니터에 비친 그의 모습은 마치 맹수 앞에 놓인 초식 동물처럼 보였을 정도였다.

그 전까지 압도적인 위용을 보여 준 그가 순식간에 아무것도 못 하게 되니 얼마나 강한 트라우마를 갖고 있는지 짐작할 수 있었다.

"오우거와 무슨 일이 있었는지 모르지만 저렇게 두려워하는 것을 보면 엄청난 위험에 처했었나 보군."

마지막에 나타난 것은 오우거가 맞지만, 현실의 오우거보다 몇 배로 약했다.

아마 그 전까지 했던 것처럼 했다면 10분도 되지 않아 오우거를 쓰러뜨렸을 것이다. 그러나 그는 결국 트라우마를 극복하지 못했다.

"확실히 재능이 있는 편이네요. 하지만…… 역시 트라우마를 극복하기는 힘들었던 모양이에요."

마스터 헌터 심사는 여러 가지를 종합한 것이기도 했다. 그중 하나가 트라우마를 이겨 내는 것이기도 한데, 그는 결국 이겨 내지 못한 것이다. 마스터 헌터 심사를 노리는 자들이라면 그만큼 어마어마한 시간을 몬스터를 사냥하면서 보냈을 것이다.

산전수전 다 겪은 베테랑 중의 베테랑들이 상급 헌터들이다. 허나 그들도 분명 트라우마가 있었다.

죽음의 위기를 겪게 만든 몬스터가 반드시 존재하며 헌터들은 전부 한 가지 이상의 몬스터에 대한 트라우마가 남아 있을 수밖에 없었다.

재현도 마찬가지였다. 다른 이들보다 헌터로 지낸 세월은 그렇게 길지 않지만 트라우마가 없을 수 없었다. 그의 경우 오우거가 가장 공포의 대상으로 남아 있던 것이다.

"결국 어쩔 수 없겠죠?"

"그렇지."

그들은 하는 수 없다는 듯 바라보았다.

Chapter 04
좋지 않은 징조

한편에서는 마스터 헌터들과 헌관위의 상부들이 모여 대책을 논의하고 있었다.

예상보다 길게 논의되는 문제라서 벌써 며칠이나 지속되고 있었다.

이제 거의 막바지에 다다른 의견과 합의된 내용들이 얼추 나왔다. 그럼에도 현주는 이번 논의가 그다지 마음에 들지 않았다.

"왜 제 의견은 매번 논의마다 기각되는 거죠?"

매번 '파도'에 대해 언급했음에도 상부에서는 그 의견을 제외하고 대책 논의만 할 뿐이었다.

차일피일 미루다 보니 어느새 마지막 날까지 그 의견에 대한 답이 나오지 않았다.

"현주 씨. 허무맹랑한 소리입니다."

"그렇다 해도 무시하는 것도 정도가 있는 것 아닙니까?"

그녀가 누가 봐도 불편한 기색을 표출하고 있었다. 그녀가 이렇게까지 심기를 드러냈다는 것은 그만큼 화가 났다는 의미일 것이다.

"대규모의 몬스터가 수원에서 나타난 것과 파괴자 외에는 한국의 도시에 나타나지 않지 않았습니까."

"몬스터가 언제 때와 장소를 가리던가요? 어느 날 갑자기 나타날 수 있는 것이 몬스터 아닙니까?"

"하지만 징후라는 게 나타나지 않습니까."

"파괴자 때는 징후가 나타났습니까?"

지진이 일어나기 전에는 지진운이 감지된다고 했던가?

그러나 몬스터는 지진운처럼 그 징후가 몇 주 전에 나타나는 일이 전혀 없었다.

몬스터 준동과 같은 일에는 징조가 분명 보이기는 하지만, 갑작스럽게 출몰할 때는 그 징조라는 걸 파악하기 힘들었다.

몇 달 전 수원에서 갑작스럽게 나타날 때도 그렇고, 몇 해 전 중국에서 몬스터가 나타났을 때도 마찬가지다.

도심지에서 몬스터가 나타나는 경우는 있다. 그러나 그 징후는 전부 제각각이다.

수원에서는 빛의 기둥이 나타났으며, 중국에서는 대기가 오그라졌고, 다른 나라의 사례에서는 약진과 함께 몬스터가 나타났다. 그것은 고작 몇 분 안으로 포착된다.

파괴자의 경우 CCTV로 확인 결과, 어떠한 징후도 없이 갑자기 남산타워에 나타났다. 갑자기 세계 곳곳의 도시에서 심심찮게 나타나는 몬스터들.

현주는 이것이 좋지 않은 징후라고 생각하고 있었다. 하지만 상부에서는 전혀 그렇게 생각하지 않는 것 같았다.

몬스터들이 이제 도시에서도 나타나는 것으로 바뀌었구나 생각할 뿐이다.

"언제까지 그렇게 안이하게 생각하려는 거죠?"

"너무 지나친 과대망상입니다. 쓸데없는 예산이 낭비될 수 있죠."

"맞아요. 누군가는 과대망상으로 치부할 수 있죠."

일어나지 않은 일이다. 증명되지 않은 사실이니 단지 추측이고, 과대망상으로 생각될 수 있다. 하지만 현주는 물의 정령왕이 그렇게 말했다는 것이 아직도 마음에 걸렸다.

정령왕이 세계의 파도를 예견했을 정도면 분명 멀지 않은 미래에 폭풍이 몰아칠 것이라 생각한 것이다.

위기가 일어날 것을 미리 알았는데, 생각 외로 상부가 고지식한 탓에 어려움을 겪고 있었다.

"설사 나타나지 않더라도 미리 대비하는 것은 좋은 것 아닌가요? 그리고 예산 낭비라고요? 사람들을 지키고, 나라를 지키겠다는 것이 어떻게 예산 낭비라고 치부할 수 있는 거죠? 그렇게 따지면 주적이 북한이 아닌 몬스터가 된 시점에서 엄연히 헌관위가 있는데, 나라를 지키는 기관들도 예산 낭비인가요?"

그녀가 직접 언급하지는 않았지만, 국방부를 향해 말하는 것이나 다름이 없었다. 국방부 장관이 이를 듣고 불편한 기색을 숨기지 않았다.

"전 국방부를 비난하는 게 아닙니다, 국방부 장관님. 군인들도 헌터들처럼 국민의 목숨을 지키는 것은 우리랑 다를 게 없으니까요. 실질적으로 헌터들 이상으로 도움이 되고 있습니다. 오히려 응원하고 있습니다."

이번에는 헌관위에 시선을 향하는 현주.

"단지 몬스터를 직접 만나 본 적도 없으면서 말로는 대비해야 한다 해 놓고, 아무런 대비도 하지 않는 헌관위에 화가 나서 그런 겁니다."

생존의 시대 때는 헌관위라는 것 자체가 없었다.

오히려 국방부에서 나라와 국민들을 지키고자 재빨리

나섰으며 헌관위가 탄생하기 전까지 이를 관리했다.

군인들이 꽤 선방한 덕분에 다른 나라들에 비해 피해도 적었다.

그런데 헌관위가 탄생하고서, 헌터들의 권한이 헌관위에 넘어갔는데 아무것도 하지 않고 있다.

말로는 대책 회의를 한다고 해 놓고 다른 의견으로 끝날 때가 대다수인 것이다. 지금도 그러했다.

"헌터들을 관리하고 몬스터에 대비해야 할 직속 부서이면서 말이죠."

무능력함과 안이한 생각에 화가 날 지경이다.

파괴자의 출몰로 서울이 반파되었다시피 되었는데도 말이다. 한심해서 눈물이 다 날 정도다.

"말이 너무 지나치신 것 같습니다. 마스터 헌터라고 하더라도 그 발언은 자제해 주시기 바랍니다."

그래도 마스터 헌터라고, 눈앞에서 화를 내지는 못하는 헌관위의 간부들. 현주는 사실상 이제 그 문제는 그만 말하자고 하는 것이라는 생각이 들었다.

"아뇨, 이대로 얼렁뚱땅 끝낼 생각은 없습니다. 이번에 확실히 짚고 넘어가겠습니다. 지금도 세계 곳곳의 도시에서 몬스터들이 자주 출몰하고 있으니까요. 얼마 전 러시아의 모스크바에서 몬스터들이 대거 출몰한 적이 있죠. 미국은 다를까요? 로스엔젤레스에서 나타났지요. 중국은요?
한국은요?"

그녀는 지금껏 몬스터들이 도시에 출몰한 나라와 도시
들에 대해 말하기 시작했다. 헌관위 간부들은 그녀의 말에
토를 달지 못했다.

"만일 도심에 출몰하는 것이 그 징후라고 한다면 어떻
게 하실 생각이죠?"

그녀는 인식을 아예 바꿀 필요가 있다는 생각이 들었다.

인적이 드문 곳이 아닌, 도심에서 나타날 수 있다는 것
이 아닌, 파도의 징후라고 한다면?

그렇게 생각하면 지금까지의 생각을 완전히 뜯어고치는
일이 아닐 수 없었다.

여전히 추측이라는 것은 변함이 없지만, 이게 만일 사실
이라면 생존의 시대 이후로 크나큰 몬스터 대출몰이 일어
날 것이다.

"일어나지도 않은 일로 불안감을 조성하는 것도 문제입
니다."

현주는 그 말을 듣고 그들에게 확실히 실망했다. 그들은
지금 이 문제를 '들을 가치도 없는 것' 이라고 판단하고 있
는 것이 분명했기 때문이다.

*　　*　　*

심사는 그렇게 허무하게 끝나고, 그는 판정을 받았다.

결과는 불합격. 마지막에 오우거를 소탕하지 못해서 교관들도 상당히 아쉬워하는 눈치였다.

"이게 당연한 건가?"

재현은 딱히 크게 개의치 않는다는 표정이었다.

시작 전에는 잔뜩 긴장하고 떨어지면 어쩌나 생각했는데, 막상 떨어지고 나니 홀가분했기 때문이다.

상급 헌터가 된 지 얼마나 되었다고 벌써 마스터 헌터가 되려고 하다니. 욕심이 과하긴 했다.

"생각보다 긍정적이네?"

다크니아스가 재현의 상태를 보고 미소를 지었다. 재현은 어깨를 으쓱였다.

"아직까지는 상급 헌터로 만족한다는 거겠지."

상급 헌터만 되어도 어떤 몬스터든 잡을 수 있었다. 큰 문제만 일으키지 않는다면 중급으로 강등될 일도 없으니 안심이다.

지금 생각해 보면 꼭 마스터 헌터가 되어야 할 필요성도 못 느꼈다. 왜 긴장을 하고 못해서 안달이었는지 스스로도 알 수 없었다.

그저 분위기에 떠밀려서 그런 것 같았다.

"마스터 헌터는 헌터들이라면 누구나 되고 싶은 것이기도 하겠지만, 현실적으로 어려운 것도 사실이잖아. 계속 증진하다 보면 언젠가 마스터 헌터가 될 수 있겠지."

지금은 못해도 언젠가는 할 수 있다는 자신감이 있는 재현.

남들은 하기도 전에 포기하는 경우가 있다. 그러나 재현의 경우 심사를 한 덕분인지, 언젠가 할 수 있다는 자신감을 내비치고 있었다.

오우거라는 트라우마가 남아 있는 이상 지금은 어쩔 수 없지만 말이다.

마스터 헌터라도 트라우마는 있겠지만 아무것도 못 한다면 그건 확실히 문제가 있었다.

결과에 아파할 시간은 없다. 마스터 헌터가 되지 못했다 하더라도 그의 일상은 변함이 없을 테니까.

그때 그의 주머니에서 휴대폰 소리가 크게 울렸다. 그가 휴대폰을 꺼내며 누구에게 전화가 온 것인지 확인했다.

현주였다. 그는 현주의 전화를 받았다.

[제자님, 심사는 어떻게 되었나요?]

전화를 받자마자 심사 결과에 대해 묻는 현주. 그것이 가장 궁금해서 전화한 것이었다. 그는 피식 웃으며 대답했다.

"떨어졌어요. 아주 보기 좋게요."

[대충 예상한 결과이긴 하군요.]

현주도 대충 결과를 뻔히 알면서 물어본 것이긴 했다. 그래도 혹시나 하는 마음에 전화를 걸었다.

[상급 헌터가 된 지 고작 몇 개월 만에 마스터 헌터 심사를 본 것 자체가 말이 안 되는 일이긴 하죠.]

"그저 상부에서 절 높이 봐 주는 것만으로도 고맙게 생각해야죠."

거의 특혜나 다름이 없는 심사였다.

자신이 생각해도 잘한 것 같지만 마지막에 오우거에게 아무것도 하지 못하고 당한 것은 크나큰 실책이었다고 볼 수 있었다.

뼈아픈 패착이지만, 극복하면 될 일이다. 극복하기 힘들어서 트라우마이기는 해도, 극복하지 못할 이유는 전혀 없으니까.

[중요한 건 그게 아니고요, 전화를 건 것은 다름이 아니라 파도에 대한 결과를 말하려고요.]

현주의 한숨이 수화기 너머로 전달되었다.

[결국 기각되었어요.]

"전혀 듣지 않던가요?"

[예. 듣는 척도 안 하더군요. 별수 없죠. 안전 불감증은 한국의 고질적인 문제니까요.]

그녀가 말해도 상부에서 듣지 않으면 전부 소용없는 일이다.

설사 그녀가 말한 일이 실제로 일어나지 않는다 해도 분명 언젠가는 도움이 될 텐데도 말이다.

예산이 부족하다, 뭐다. 절로 한숨이 나오는 상황이었다.

[후우, 그저 제가 말한 일이 안 일어나기를 바랄 뿐이죠.]

또다시 그녀가 깊은 한숨을 내쉬었다.

*　　　*　　　*

그로부터 일주일이란 시간이 지났다. 평화로운 나날이 지속되고, 어느새 파괴자에 대한 뉴스도 점점 비중이 줄어들었다.

국가 차원으로 진행된 서울 재정비는 착실히 진행되고 있었다.

국가에서 고용한 전문가들과 자원봉사자들이 대거 온 덕분에 예상보다 일찍 끝날 수 있었다.

무엇보다 서울 시민들이 공포를 딛고 일어나려고 하는 모습을 보고 세계 언론도 감탄할 정도였다.

초대형 몬스터의 출현으로 세계 곳곳의 도시들이 파괴된 이후 그 복구 작업이 더딘 상황인데, 서울은 금방 옛 모습을 찾아 가고 있었기 때문이다.

무엇보다 돈을 받고 고용된 사람들이 아닌 수백만 명의 인원이 자원봉사를 하고 있으니 더욱 놀랄 만한 일이었을 것이다.

이제 파괴된 잔해들을 치우는 것도 거의 마무리되었고, 마무리가 된 곳은 건물을 다시 짓기 시작하고 있었다.

일이 아직 한참 남았지만 다른 나라에 비하면 정말 빨리 진행되고 있는 것도 사실이었다.

파괴된 건물을 허물거나 보수하고 있다. 그 어떤 나라도 따라올 수 없는 경이로울 정도의 속도일 것이다.

윤정도 틈만 나면 봉사를 하고 있는 덕분에, 재현도 서울로 자주 끌려갔다.

"나는 돈 받고 할 수 있는데."

"오빠도 참. 무보수로 봉사를 하는 게 더 의미 있는 거야!"

재현은 따지고 보면 상당히 고급 인력이다. 대한민국에서 500명밖에 없는 상급 헌터니까.

의뢰로 받아들이면 아마 이에 대한 보수가 꽤 엄청날 것이다. 반면 윤정은 이런 일에 돈을 받으면 못 쓴다는 의견이었다.

파괴자가 지나간 곳의 도로도 성한 곳이 없었다.

그만큼 육체가 무거웠다는 걸 반증하는 것이리라. 게다가 도로와 벽에 핏자국이 아직도 선명히 남아 있었다.

자원봉사자들이 왔다고 해도 미성년자들은 출입할 수 있는 곳이 제한되어 있었다.

비교적 피해가 덜한 곳은 미성년자들이 맡았고, 피해가 막심해 사상자가 많은 곳은 희망하는 자들에 한해서 오게 되었다.

윤정은 자신이 희망해서 이곳에 오게 된 것이다. 또한 재현은 그녀와 같이 온 이상 따로 떨어질 수 없으니 이곳에 같이 오게 된 것이다.

"나이아스는 핏자국을 없애 줘. 노에아넨은 저기 쓰러진 나무를 트럭에 실어 줘. 메타리오스는 철골들을 한곳에 모아 줘."

그는 정령들을 적극적으로 이용했다.

다크니아스나 샐레아나가 할 수 있는 것은 없기 때문에 그저 옆에서 짐을 나르거나 하는 역할을 하고 있었다.

그래도 상급 헌터라고, 그가 있으니 기계가 하는 것보다 빨리 일이 진행되고 있었다. 자원봉사자들은 정령들이 쌓아 둔 각종 파괴된 잔해들을 트럭에 옮겼다.

"내가 왜 이런 걸……."

다크니아스가 불평하듯 입술을 삐죽 내밀며 잔해를 옮기고 있었다. 몬스터를 사냥하는 것도 아니고 자원봉사를 하는 게 그다지 재미있지 않은 것 같았다.

"뭐, 당장은 그 생각을 할 수 있지만, 나중에는 뿌듯할 거야."

원래 자원봉사라는 상당히 뿌듯한 것이었다.

억지로 끌려온 경우라면 힘들어서 불평이 있을지도 모르지만, 막상 자원봉사를 하면 뿌듯해진다.

재현의 경우도 딱 그러했다. 정령들을 부려서 하는 덕분에 육체적인 힘은 거의 들지 않지만 말이다.

그는 정화수를 계속 섭취하면서 일을 돕고 있었다.

육체적으로 잘 움직이지 않아도, 그가 하는 일이 크니 누구도 뭐라고 하지 않았다. 오히려 옆에서 힘내라며 간식을 줄 정도다.

그는 같은 자원봉사자들에게 받은 초코바를 씹어 먹고 있을 때, 어떤 건물을 바라보았다. 두꺼운 장갑으로 이루어진 건물이 조립되어 가고 있다.

"뭐야, 저거."

서울에 이런 건물을 왜 짓나 할 정도로 미관이 형편없었다.

지금까지 높은 건물은 아니지만 규모를 봤을 때 63빌딩보다 높게 지으려는 것 아닌가 생각했다. 옆에 자재를 나르던 윤정이 대답해 주었다.

"몬스터가 또다시 나타날 것을 대비해서 짓는 것 같다는데? 지하는 방공호까지 있다는 모양이야. 평시에는 헌터 훈련소로, 비상시에는 민간인들을 위한 방공호와 방어요새로 쓸 계획이래."

"흠…… 그래? 저 정도면 핵폭탄도 견디는 거 아냐?"

"아마 그것까지는 무리라고 봐."

저 정도면 파괴자라고 해도, 파괴하는 데 꽤 오래 걸릴 것 같았다. 물론 그 위용이면 어떻게든 부서지긴 할 것이다.

그러나 저 정도의 두꺼운 장갑이라면…….

A급 몬스터까지는 어떻게든 막을 수 있지 않을까 싶었다. 또한 시간을 벌 수 있을 테니 민간인들이 대피할 시간도 충분할 것이고 말이다.

그 주위의 빌딩들은 전부 철거하는 덕분에 주위가 확 트여 있었다.

이미 이 주위의 건물들은 전부 철거해야 할 정도로 파괴되고 전소된 상황이다. 그렇다 해도 이런 걸 마음대로 지어도 되나 싶었다.

'그러고 보니 뉴스로 헌관위에서 민간인들과 뭘 합의했다고 했던 것 같기도 하네.'

마스터 헌터 심사를 본다고 제대로 보지 않았는데, 아마 그 보도가 이것과 관련된 것이 아닐까 하고 생각했다.

정부에서 해결하고 합의를 했을 테니 시위를 안 하고 있겠지, 라고 생각하며 그는 잔해를 치우는 데 다시 열중했다.

한동안 열심히 치우던 재현은 남들이 쉴 때 같이 쉬었다. 정화수를 마시면서 정령력을 회복시키는 것도 잊지 않았다.

"저기, 실례합니다."

한 남성이 그에게 다가온다. 그리고 그 뒤에 카메라맨도 같이 따라왔다. 재현은 그가 기자라는 것을 쉽게 알 수 있었다.

"저는 NBC의 기자인 김용훈이라고 합니다. 헌터이신 것 같은데, 혹시 인터뷰 가능할까요?"

그의 목적은 인터뷰. 이곳에서 재현만 유일하게 헌터였다.

자원봉사자들을 찍다가 그가 눈에 띄어서 인터뷰를 요청하는 것 같았다. 하지만 재현은 고개를 저었다.

자신의 얼굴이 팔리는 걸 극도로 꺼리는 재현이다. 무엇보다 지금 그는 한강 방어 작전에서 입고 있던 옷 그대로를 입고 있었다.

누군가가 그를 알아보지 않을까 생각했다. 무엇보다 그가 입고 있는 옷은 남들과 확실히 다른 옷이기도 했다. 동영상을 통해 알아보는 건 금방일 것이다.

"죄송합니다. 인터뷰는 거절하겠습니다."

간단한 거절. 기자는 설마 바로 거절할 줄 몰랐다는 표정으로 다시 권유했다.

"그저 간단하게만 인터뷰하려는 건데, 안 될까요?"

"죄송합니다. 그리고 혹시 다른 곳을 찍었을 때 제 모습이 찍혔으면 제 모습이 나오지 않도록 편집해 주세요."

"원하시면 얼굴 자체를 편집하겠습니다."

인터뷰를 거절하는데 왜 이토록 집착을 할까? 재현은 그를 의심스러운 눈으로 바라보았다.

'뭔가 수상쩍은데?'

설악산 준동 때 기자들이 취재할 때도 이토록 집요하지 않았던 것으로 기억한다. 아무리 이곳에 헌터가 자신밖에 없다지만, 너무 집착하고 있는 게 아닌가 생각이 들었다.

그가 의심하고 있다는 것을 깨달았는지 김용훈이 재빨리 자리를 뜨고 다른 사람들을 취재하기 시작했다.

옆에 있던 윤정이 물었다.

"오빠, 취재를 거절할 이유가 있어?"

마스터 헌터가 아닌 이상 취재를 하는 건 상관없는 일이었다. 무엇보다 인터뷰를 할 때, 직업을 알릴 때 헌터라고 나올 때는 있지만 구체적인 등급은 나오지 않는다. 거절할 이유는 없었다.

"뭔가 좀 수상쩍어서 말이야. 의도적으로 접근한 것 같아서."

그저 감일 뿐이고, 기분 탓일 수도 있다. 그러나 좋지 않은 느낌은 대체로 맞는 편이었다. 재현은 기자와 카메라맨이 서로 대화를 나누는 걸 확인하고 청각에 정령력을 집중시켰다.

"아무리 봐도 전에 한강 방어 작전 때, 파괴자를 잡은 그 헌터 같지 않아?"

"그러게요. 옷차림이 딱 그건데……."

"저기 파란색 머리의 여자애도 그때 같이 있지 않았나?"

그들은 나름 조용하게 말하고 있지만, 전부 청각에 정령력을 집중한 재현의 귀로 전부 들려왔다. 역시나 그들은 자신을 알아보고 접근한 것이다.

'인터뷰를 하면서 넌지시 한강 방어 작전에 대해 물었겠지.'

말하지 않으면 된다지만 혹시 모른다.

기자들의 말재주가 얼마나 좋은지 다 알고 있다.

교묘하게 파고들어서 자신도 모르는 사이에 다 불게 될 지도 모른다. 조심해서 나쁠 건 없었다.

'마스터 헌터 심사를 봤다는 건 거의 대부분 모른다고 하더라도, 얼굴이 알려져서 좋을 건 없겠지.'

착각은 자유라고 하지만 부풀려지는 것을 원치 않는 재현이었다.

무엇보다 얼굴이 팔리는 건 더더욱 싫어했다. 남들에게 알려지면 귀찮은 일이 많아질 것 같았기 때문이다.

'나이아스. 조심하는 게 좋겠다. 힘쓸 일은 없겠지만 그 래도 능력은 최대한 자제해서 사용하도록 해.'

[응, 알았어.]

재현의 의도를 알게 된 나이아스도 적극 수긍하며 그렇 게 하겠다고 말했다.

그렇게 약 10분이 지나자 자원봉사자들이 하나둘씩 일 어나기 시작했다. 재현도 그들을 따라 일어났다. 아직 옮 겨야 될 것은 많이 있었다.

*　　　*　　　*

뉴스에서는 몬스터와 관련된 일이 주를 이루었다.

서울이 자원봉사자들로 점차 옛 모습을 되찾아가고 있다는 것이 나오고 있고, 헌관위에서는 대책 논의가 완료되었다는 것이다.

세계 뉴스도 내보냈다.

각지에서는 초대형 몬스터로 인해 고통을 받은 후, 도시에 몬스터가 또 출몰해 엄청난 피해를 입고 있다고 한다.

수습도 제대로 하기도 전에 피해를 보게 되니 세계 각지에서 헌터들을 급파하고 있다고는 하는데, 그 수가 꽤 많아서 고생이 많다는 보도였다.

또한 재현은 집에서 뉴스를 보면서 경각심을 보였다. 세계에서 몬스터의 출몰 빈도가 높아졌기 때문이다.

전문가들도 생존의 시대 이후로 몬스터가 이토록 많이 출몰하는 건 처음이라고 할 정도니 말은 다한 셈이다.

채널을 돌리니 다른 곳에서는 토론이 한창 진행 중이다. 방금 뉴스 내용에 관한 토론이었다.

[세계 각지에서 몬스터가 도시에 출몰하는 빈도가 늘었는데요, 한국도 예외가 아니지 않겠습니까?]

한국도 대책을 내놓아야 하지 않겠느냐는 아나운서의 물음에 전문가가 대답했다.

[예, 한국도 예외가 아니지요.]

[혹시 몬스터가 한국에 또다시 출몰하게 될지도 모르는데, 너무 현실에 안주하고 있는 게 아닌가 걱정이 듭니다.]

[이미 한국은 생존의 시대 당시 피해를 최소화하는 데 성공한 유일한 국가이기도 합니다. 분단국가였기에 남성들이 대부분 군대에 갔다 왔고, 총 쏘는 법을 알았지요. 또한 군경들의 신속한 대처로 시간을 벌어 준 덕분에 다른 국가에 비해 피해가 적었습니다.]

'피해를 최소화했다고 하더라도 백만 명 이상이 죽었는데⋯⋯.'

공식적인 통계로 사망자만 190만 명, 비공식적으로는 250만으로 추측하고 있다. 20년이 지난 지금도 제대로 된 통계를 알 수 없었다. 부상자는 당연히 그 이상이다. 거의 전쟁을 치른 것이나 다름이 없다.

피해가 적었다고 말하는 것이 이 정도 피해였다. 아니나 다를까, 아나운서가 이 점을 깊게 파고들었다.

[최소화했다고 하더라도 200만에 가까운 사람들이 사망했습니다. 생존의 시대가 또다시 열리게 된다면 그 정도 피해가 일어나지 않겠습니까?]

[생존의 시대처럼 갑자기 몬스터가 나타나면 그럴지도 모릅니다. 수원에서 몬스터들이 나타난 것처럼 도심에서 나타나면 피해 규모는 더욱 커지겠죠. 하지만 지금은 능력

자들이 있고, 몬스터를 사냥하는 헌터들이 있습니다. 또한 민간 헌터들까지 있죠. 그때와 비교할 수 없는 전력을 보유하고 있다는 겁니다.]

전문가의 말도 맞는 말이다.

생존의 시대 당시에는 헌터들의 수가 극단적으로 적었지만, 지금은 한국인 헌터만 해도 3만이 넘었다.

이 숫자는 민간 헌터들까지 합한 수이다.

여기에 외국에서 온 헌터들까지 합하면 족히 4~5만은 우습게 넘어 버린다. 유사시 그들도 몬스터를 소탕하는 데 일조할 수 있다는 뜻이다.

[정부에서도, 헌관위에서도 피해를 최소화하기 위해 많은 노력을 하고 있죠. 그 일례로 서울에 대요새를 짓는 것도 그 이유입니다. 파괴자까지는 어쩔 수 없다고 해도, A급 몬스터라도 쉽게 부수지는 못할 겁니다.]

확실히 완공된 것은 아니지만 몬스터들의 공격으로 세계는 건축 쪽으로 많은 발전을 이루었다.

조립식인 것도 크게 한몫을 하여 길어 봤자 한 달 안으로 제대로 된 요새를 만들 수 있을 것이다.

완공까지 그렇게 오래 걸리지 않는다는 소리였다.

"참으로 안이하네."

옆에 누워 같이 TV를 보고 있던 윤정이 답답한 표정으로 한숨을 내쉬었다.

그녀도 재현과 같은 생각이었던 모양이었다. 남자 친구가 헌터라서 그런 것이 아니라, 너무 낙관하는 것 같았기 때문이다.

요새를 짓는 건 찬성이다. 많은 이들의 목숨을 살릴 수 있는 방공호로도 될 수 있으니까. 하지만 파괴자의 일이 있었음에도 세계에서 곳곳에서 일어나는 도심 속 몬스터 출몰에 대비하지 않고 있었다.

서울에서만 나타나리라는 보장도 없는데도 말이다.

"뭐, 시장이 예산을 전부 쏟아부어서 짓겠다고 해도 시민들이 반발하면 그것대로 골치 아파지겠지만 지금은 대부분 찬성할 텐데."

윤정의 말대로 다른 시에서는 도시 외관을 망친다며 반대하는 경우도 있었다. 확실히 요새가 안전을 지켜 주기도 하지만, 외관상 그렇게 좋은 것은 아니었다.

도시 한가운데에 장갑으로 이루어진 건물이 떡하니 있으면 흉물스럽다고 할 것이다. 지금 서울도 요새를 짓는 것에 반대하는 사람도 있었다.

파괴자의 여파가 너무 커서 찬성하는 사람들이 더 많아 협의점도 빨리 찾을 수 있었으리라.

다른 도시는 아직 요새를 짓는다는 말이 없었다.

생존의 시대와 그 이후로 만들어진 대피소와 방공호가 많아 그것만으로도 충분하리라는 생각을 할 것이다.

그래도 요새가 괜히 요새겠는가.

사람들이 대피할 수 있는 것 이전에, 전투를 유리하게 할 수 있는 것이 요새이다. 헌터의 입장에서는 요새가 조금 더 늘어났으면 하는 바람이었다.

'무엇보다 정령왕의 말도 걸리고.'

정령왕이 했던 말을 자신이 잘못 이해했거나 제대로 알아들었어도 아니기를 바랐다. 한동안 그렇게 TV를 보고 나서 윤정의 시선이 창밖으로 향했다.

"비가 오려나?"

검은 먹구름이 끼었다. 재현은 고개를 갸웃거렸다.

"이상하네. 지금도 비가 올 기미는 안 보이는데."

"저렇게 먹구름이 잔뜩 꼈는데?"

재현은 물의 친화력이 상당히 올라가면서부터 비가 오는 것 정도는 쉽게 구별이 가능했다. 이튿날의 날씨까지는 일기예보보다 재현의 감이 더 잘 맞았다. 지금도 마찬가지였다. 확실히 먹구름이 몰려오는 것을 보면 비가 올 조짐 같았다. 그러나 이상하게 비가 올 것 같지는 않았다.

"오빠의 감이 틀릴 때도 있나 보지."

재현은 어깨를 으쓱였다. 실내에 있다 보니 감이 좀 약해졌다고 생각할 뿐이었다. 그때 그의 손목에 차고 있던 킵보이에서 시끄럽게 알람이 울려 댔다. 재현은 킵보이를 껐다.

　[긴급 공지]
　-도심에서 몬스터 출현! 헌터들은 즉시 전투 준비에
　임하기를 바람!

"응?"

재현은 의아한 표정으로 긴급 공지를 바라보았다. 이게 무슨 일인가 싶었다.

"오, 오빠……."

윤정은 두려움으로 TV를 바라보았다. 그녀는 두려움이 가득한 눈으로 TV에서 눈을 떼지 못했다.

재현의 시선도 윤정을 따라 이동했다. TV에서 하고 있던 토론이 사라지고 뉴스 속보가 나타났다. 그리고 곧 그의 눈동자가 확연하게 커졌다.

"마, 말도 안 돼……."

브라운관에 비친, 보고도 믿기지 않을 광경이 그의 눈동자에 드리워졌다.

＊　　　＊　　　＊

울산. 갑자기 기상 이변이 생겼다. 맑게 갠 하늘에 먹구름이 드리우더니 태양마저 가려 버렸다.

"뭐야, 도대체 저건."

검은 소용돌이가 밀물처럼 들어오며 하늘을 뒤덮었다. 밝게 내리비추던 하늘이 순식간에 검게 물드는 순간, 모든 이들의 동공이 커졌다.

시커먼 생명체들이 하늘에서부터 쏟아져 내려왔기 때문이다. 이 상황이 어떤 것인지 인지하는 데 그렇게 오랜 시간이 걸리지 않았다.

"모, 몬스터다!"

순식간에 울산 도심이 아비규환이 되었다. 그러나 몬스터의 출몰은 울산에서만 나타난 것이 아니었다.

Chapter 05

검은 소용돌이

수많은 몬스터들이 쏟아져 내리는 것이 TV를 통해 확인되었다. 그러나 한 도시에서만 나타난 것이 아니라고 했다.

현재 울산과 부산, 광주와 대전에 나타난 것까지 확인이 되었다. 그리고 서울에도 몬스터가 출몰했다는 소식이 들리기 무섭게 TV 방송도 연결이 되지 않았다.

"오빠, 전화도 불통이야."

재현은 인상을 찌푸렸다.

갑작스러운 일에 전화량이 급증해서 폭주한 것인지, 아니면 기지국이 몬스터들에게 박살 난 것인지 정확히 알 수 없다.

창밖에서는 사이렌이 쉴 새 없이 울리고 있었다. 갑작스러운 사이렌에 밖에 있던 사람들이 우르르 어딘가로 몰려갔다. 근방에 있는 방공호나 지하철로 향하는 것이리라.

"끼아아악!"

먼 곳에서 비명 소리가 들려왔다. 한 사람의 소리가 아닌, 여러 사람이 내지르는 비명이었다.

재현이 자리에서 벌떡 일어나 티타늄 로브를 착용했다.

"오빠, 가려고?"

재현은 즉답했다.

"가야지. 지금 밖은 위험하니까 괜히 사람 돕겠다고 돌아다니지 말고. 얼른 식량하고 옷가지 챙겨서 방공호로 도망쳐. 꼭대기라서 이곳이 더 안전할지도 모르지만 상황에 따라서 행동해."

윤정이라면 어떻게 행동하는 것이 좋을지 잘 알 것이라고 믿었다.

몬스터가 출몰 이후, 방공호로 가는 교육이 분기마다 의무적으로 실시된다. 그러니 집 근처 방공호를 모르는 사람은 거의 없다고 해도 무방하다.

"알았어. 오빠, 몸조심해."

"그래."

장비를 전부 갖춰 입은 재현이 고개를 끄덕이고 창문으로 뛰어내렸다. 높은 아파트에서 아무런 망설임도 없이 뛰어내리는 재현.

그러나 그는 대지까지 안전하게 안착하고는 뛰어가기 시작했다. 집에 남아 있던 윤정은 한숨을 푹 내쉬었다.

"도망치고 싶어도 헌터 전문의도 일종의 헌터로 취급된다고."

헌터 전문의도 결코 평범한 몸이 아니다. 재현처럼 지금과 같은 비상시에는 사람을 돕는 데 주력해야 했다.

그녀도 얼른 옷을 갖춰 입었다. 몬스터를 잡아 위험을 배제하는 재현과 달리, 그녀는 위기에 처한 사람들을 구하기 위해 집을 나섰다.

*   *   *

"순 D급 몬스터뿐이잖아?"

재현이 인상을 찌푸렸다. 눈앞에 보이는 몬스터들은 그렇게 어려운 것들이 아니었다. 초급 헌터들도 잡을 수 있는 몬스터들이다.

"키아아악!"

몬스터들이 길게 울부짖으며 재현에게 달려들었다. 재

현도 녀석들에게 달려들었다.

녀석들이 그의 팔과 다리를 물어뜯으려고 했지만 소용이 없었다.

이미 그가 입은 티타늄 로브는 B급 몬스터도 쉽게 찢을 수 없기 때문이다.

"흥!"

그가 손을 가볍게 휘젓자 전격이 그의 몸에서부터 방출되었다. 그의 팔다리에 매달려 있던 몬스터들이 전격에 맞고 유명을 달리했다.

이를 보며 재현은 자신이 얼마나 강해졌는지 새삼 체감했다. 정령력을 크게 소비하지 않고도 D급 몬스터를 가볍게 처치할 수 있을 정도였다.

그러나 이런 몬스터가 아직 다수 남아 있을 것이다. 녀석들은 도시에 공포를 선사했다.

이곳까지 온 몬스터는 방금 그가 잡은 몬스터가 전부인 것 같았다. 아직 멀리에서 비명 소리와 폭발음이 연이어 들려오고 있었다.

조금 더 앞으로 가니, 인근 지구대에서 몬스터들을 막기 위해 바리케이드를 치고서 실탄을 장전하고 있었다.

아직 이곳까지 몬스터들이 도착하지 못한 것 같았다. 그러나 경찰들은 잔뜩 긴장하고 있는 것처럼 보였다. 재현은 그들에게 다가갔다.

"몬스터들이 이곳에 오고 있으니 얼른 대피하세요!"

경찰이 그를 막아 세웠다. 재현은 헌터증을 꺼내 보였다.

"헌터입니다. 길을 내주세요."

재현이 헌터증을 꺼내 보이자 경찰들의 얼굴이 환해졌다. 상급 헌터증이다. 상급 헌터는 중급 헌터들보다 강한 이들이며 엄청난 힘을 보유하고 있는 헌터들이다. 경찰들도 그가 상당히 믿음직스러울 것이리라.

"몬스터들이 구체적으로 어디에 나타났는지 알려 주세요."

"주로 센트럴파크와 병점역에 몰려 있다고 합니다. 20분 전의 무전입니다."

상대측에서 어떻게 된 것인지 그 이후의 정보는 없었다. 20분 정도라면 몬스터들이 제각기 흩어졌을 가능성이 더 컸다. 이건 직접 이동하면서 확인하기로 하고, 재차 질문을 던졌다.

"몬스터의 종류는요?"

"짐승형 몬스터라고 합니다. D~C급 위주로 출몰한 것 같습니다."

그 정도라면 충분히 잡을 수 있다고 자신했다. 재현은

즉시 바리케이드를 넘어 안으로 돌입했다. 그리고 버려진
차 중 하나를 타고 즉시 이동했다.

*　　　*　　　*

"사태가 심각하네."

재현은 가장 먼저 동탄 신도시로 들어섰다. 몬스터들이
갑작스럽게 출몰해 사람들이 급히 도망친 흔적이 보였다.

한쪽 신발이 벗겨져 도로에 나뒹굴고, 빨갛게 물든 옷가
지가 넝마가 된 채 나무에 걸려 있었다.

그 외에도 다양한 물건들, 그리고 사람과 몬스터의 시체
도 볼 수 있었다. 상황이 급박하니 그냥 방치되어 있었다.

사람들의 시체에 대해 익숙해지긴 했으나, 역시 몇 번을
봐도 그렇게 유쾌한 광경은 아니었다.

그가 차에서 내려 주위를 살폈다. 먼 곳에서 여전히 전
투를 하는 듯 폭발음이나 몬스터의 괴성이 울려 퍼졌다.

"애들아, 나와."

재현은 정령들을 소환했다. 몬스터들이 나타났으니, 본
격적으로 돌입하려는 것이다.

이곳에는 몬스터가 없는 것 같지만, 어딘가에 몬스터가
남아 있을지도 모른다. 몬스터들도 생각보다 영악하기 때

문에 어디에 숨어서 노리고 있을지도 모른다.

"크아아앙!"

아니나 다를까, 육교 뒤쪽에 숨어 있던 한 녀석이 울부짖으며 재현에게 달려들었다. 갑작스러운 기습.

털에서 불길이 치솟고 있는 파이어 울프릭이었다. 녀석이 주둥아리를 벌리자 거대한 화염이 쏟아졌다.

"나이아스. 아쿠아 쉴드."

녀석의 불길은 나이아스의 물의 방패로 인해 무력화되었다. 재현은 발로 땅을 굴렀다. 아스팔트 내부에 있던 철골이 튀어나오며 녀석의 몸을 꿰뚫었다.

순식간에 몸이 고정되고, 녀석이 발악했다. 하지만 발악하면 할수록 철골은 녀석의 몸을 더욱 헤집어놓을 뿐이다.

녀석이 괴로운 듯 낑낑거렸다. 재현이 손을 휘저었다.

물이 칼날처럼 날카롭게 변하며 녀석의 목을 베고 지나갔다. 녀석의 털에 붙어 있던 불이 사라지고, 몸이 정지했다.

재현은 녀석에게서 시선을 거두었다. 다른 곳에서 다수의 기척이 느껴졌기 때문이다.

대피해야 할 민간인이 대놓고 도로를 돌아다니지 않을 테니 누구의 기척인지 안 봐도 뻔했다. 몬스터였다. 스무 마리가량 되는 각종 몬스터들이 멀지 않은 곳에 서 있다.

"오랜만에 반가운 몬스터들이 꽤 많네."

중급 헌터가 된 이후로 보지 못한 몬스터들도 수두룩했다. 초급 헌터 때 자주 잡던 몬스터들이었다. 홉 고블린, 강철 다람쥐, 크레이지 울프. 특히 홉 고블린과 그 뒤에 있는 덩치 큰 홉 고블린이 눈에 띄었다.

"홉 고블린 부족장인가……."

수습 헌터 당시, 저 녀석 때문에 정말 죽을 위기를 겪었던 것을 새삼 깨닫게 되었다. 그런데 녀석의 지팡이가 심상치 않았다.

자신이 알던 지팡이가 전혀 아니었기 때문이다. 모양쯤은 다를 수 있다고 생각했지만, 녀석의 지팡이에 주렁주렁 매달린 것은 그가 알고 있는 것이 아니었다.

"저 개새끼가……!"

재현이 욕을 하며 이를 아득 물었다. 녀석의 지팡이에는 해골 대신 사람의 머리가 매달려 있었기 때문이다.

피가 흐르는 것을 봐서 분명 얼마 지나지 않은 것처럼 보였다. 그중 여자와 어린아이의 것도 포함되어 있었다.

몬스터들은 각자 붉은 피가 진득이 묻어 있었다. 녀석들의 피가 아니라 남의 피였다. 그것이 누구의 피인지 깊게 생각해 보지 않아도 될 일이었다.

"메타리오스, 아머리(Armory)!"

재현이 손을 번쩍 들어 올렸다. 그의 주위로 아스팔트가 갈라지며 철골들이 튀어나온다. 그 철골들은 모양이 변했다.

검과 창 등 각종 무기로 만들어졌다. 그는 그중 창을 뽑았다. 평소보다 무기에 더욱 힘을 주었다.

"사람을 베었다는 건 너도 베일 각오가 되어 있다는 거지?"

그가 망설이지 않고 녀석들을 향해 돌진했다. 힘을 사용할 생각도 하지 않고 육탄으로 돌격했다.

동시에 몬스터들도 재현에게 달려들었다. 크레이지 울프가 그의 목을 향해 아가리를 벌렸다. 그는 창을 던졌다.

투창을 해 본 적은 없지만 운 좋게도 그가 날린 창이 녀석의 벌어진 아가리 속으로 들어가 몸을 꿰뚫었다.

뒤에 활을 들고 있던 홉 고블린이 화살을 쏘았다. 하지만 그의 로브에 가로막혀 튕겨져 나갔다.

고작 이런 잔챙이들이 뚫을 수 있는 로브가 아니었다.

그는 앞에 있는 또 다른 무기를 뽑았다. 이번에는 위쪽이 뭉툭한 몽둥이다. 이것을 편곤이라고 하던가?

방패를 들고 있던 홉 고블린 두 마리가 그를 밀쳐내기 위해 돌진해 온다. 그는 방패를 향해 편곤을 내리쳤다.

쾅!

나무로 된 방패는 힘없이 파괴되었다. 그 기세를 멈추지 않고 녀석의 머리까지 박살냈다. 녀석의 살점과 피가 튀며 그 일부가 재현의 로브를 더럽혔다.

그는 그 기세로 방패를 든 나머지 한 녀석까지 처리했다. 그리고 그가 들고 있던 편곤이 너무나 쉽게 부서졌다.

아머리를 했을 때의 무기는 소재가 무엇이든 간에 오래 버티지 못한다. 크레이지 울프를 꿰뚫었던 창도 이미 창날이 부러져 있었다.

티타늄 로브처럼 합성된 것이었다면 또 모르지만, 아마 똑같이 오래 버티지 못할 것이다. 무기가 없는 잠깐의 틈을 타서 강철 다람쥐가 재현의 등 뒤에 매달렸다.

"블레이즈 바디."

재현이 숨을 크게 들이마셨다. 그의 티타늄 로브에서 불이 붙었다.

녀석의 몸에 순식간에 불길이 번졌다. 녀석은 뜨거움에 괴로워하는 반면, 재현은 아무렇지 않았다.

자신의 몸 전체에 정령력을 불어 넣어 화염에 영향을 받지 않게 만든 것이다. 반면 외부에 있던 강철 다람쥐에게는 매우 치명적이었다.

녀석은 몸에 붙은 불에 놀라 이리저리 돌아다녔다. 하지만 저 불은 쉽게 꺼지지 않을 것이다.

애초에 상대도 되지 않으니 아예 시선을 거두었다. 이제 짐승형 몬스터들은 다 잡았다. 스무 마리의 몬스터 중 대다수가 홉 고블린이다. 홉 고블린 부족장이 지팡이를 높게 들어 올렸다.

"키아아악!"

녀석이 소리만 질렀을 뿐인데, 무슨 뜻인지 알아듣고, 홉 고블린들이 일사불란하게 진형을 짜며 창을 앞으로 내밀었다.

"팔랑크스 대형이냐?"

대열이 난장판이긴 하지만 녀석들이 짠 진형은 팔랑크스 대형과 비슷했다. 그러나 크게 두려워할 것은 아니었다. 어차피 그에게 그다지 큰 의미가 없었다.

"메타리오스, 폴 웨폰(fall Weapon)."

아스팔트에 꽂혀 있던 아머리 무기들이 허공으로 부유하며 녀석들에게 쏟아졌다. 녀석들이 진형을 짜도 의미가 없는 것은 이것 때문이었다.

죽지 않았다고 해도 치명상을 입고 차가운 아스팔트 도로에 누워 있다. 그러나 홉 고블린 부족장은 멀쩡히 서 있었다.

무기들이 쏟아지기 직전 방어 마법을 사용한 것이다.

아머리의 무기들의 내구력이 유리 같아서 녀석의 방어

마법으로도 충분히 막을 수 있던 것 같았다.

그러나 홉 고블린 부족장은 자신만 보호했을 뿐이다. 나머지 홉 고블린들은 절대 무사하지 않았다. 재현은 아무것도 하지 못하는 녀석을 향해 달려들었다. 녀석이 홉 고블린을 소환하지 못하게 하기 위해서였다.

"키악!"

녀석이 위협적으로 지팡이를 높이 쳐들어 올리며 흔든다. 그리고 그 순간 스멀스멀 어둠의 기운이 녀석의 지팡이에 집중되었다.

"아차, 저주 마법!"

저주 마법에 걸려 본 적은 없지만, 직접 눈으로 목격해 본 재현. 아영이 저주 마법에 걸려 괴로워했던 것이 머릿속에 떠올랐다.

소환 마법까지만 생각했지, 저주 마법까지는 깜빡 잊고 있던 재현이었다. 결국 녀석의 저주 마법을 미처 피하지 못하고 그대로 받아내야 했다. 분명 고통에 몸부림치겠지 생각한 재현.

"……."

그러나 아무 일도 일어나지 않았다.

"뭐지?"

아무렇지도 않았다. 방금 전과 다를 바 없었다. 저주 마법은 독과 다르게 바로 효과가 발휘되는 것이다. 그러나 그는 속에서 저항하는 느낌도 없이 멀쩡했다. 저주 마법에 걸린 게 맞나 싶었다. 그러고 보니 그의 정령들이 피식 웃고 있었다. 이렇게 될 줄 알았다는 표정이다.

그 해답은 다크니아스가 알려 주었다.

"재현아 이건 네가 어둠의 친화력이 높아져서 그런 거야. 어둠의 친화력만 놓고 보자면 저 몬스터보다 네가 더 강력해."

"아, 그렇군."

그러고 보니 다크니아스도 상대에게 저주를 거는 기술이 존재했다. 어둠의 속성은 저주와 크게 관련이 있었다.

재현의 경우 어둠의 기운을 다루고 있고, 다크니아스와 계약한 덕분에 어둠의 친화력이 늘어났다.

녀석보다 어둠의 친화력이 높은 나머지 녀석이 거는 저주가 전혀 통하지 않게 된 것이다.

"괜히 쫄았네."

홉 고블린 부족장이 당황한 듯 다시 저주 마법을 사용해 봤지만 마찬가지다. 멀쩡했다. 아무렇지도 않았다. 녀석의 저주에는 더 이상 통하지 않는다는 자신감에 재현은 망설이지 않고 녀석을 향해 달려갔다.

홉 고블린 부족장은 일반 홉 고블린들보다 맷집 자체가

약했다.

홉 고블린들은 그나마 갑옷이라도 입고 있다. 그러나 홉 고블린 부족장의 옷이라고는 나뭇잎으로 중요한 부위를 천 조각으로 가린 것이 전부이기 때문이다.

그가 부서진 무기들의 철을 모아 검을 만들어 손에 쥐었다. 녀석이 지팡이를 휘둘렀다.

애초에 육탄전이 전문이 아닌 홉 고블린 부족장. 재현이 녀석의 지팡이를 옆으로 흘려보냈다.

직후, 검을 하늘 높이 쳐들어 올리며 지팡이를 반으로 잘라 버렸다. 녀석의 무기를 아예 망가뜨린 것이다.

녀석의 부러진 지팡이에 달려 있던 사람의 목들이 바닥에 나뒹굴었다. 재현의 인상이 구겨지며 녀석의 목을 손으로 잡아 번쩍 들어 올렸다.

"이 새끼가 사람의 목을 베어서 지팡이에 장식품처럼 달아 놔?"

푹!

지팡이에 매달려 있는 남성의 눈에서 피가 흘러내렸다. 피눈물을 흘리는 것처럼 보였다.

"사람의 목이 장식품이냐?"

푹! 푹!

중학생이나 고등학생쯤으로 보이는 여학생의 목도 있었

다.

"심지어 이제 몇 돌 지나지 않은 아기의 목까지 매달아 놔? 죽였을 때 기분 좋았냐!"

푹! 푹! 푹!

수십 번이나 찔린 녀석의 몸은 이미 정지해 있었다. 그러나 홉 고블린 부족장이 이미 죽었음에도 칼질을 멈추지 않았다. 녀석의 몸이 넝마가 되었어도 난도질을 멈추지 않았다.

로브에, 얼굴에, 신발에 피가 튀고 있음에도 전혀 신경 쓰지 않았다.

녀석의 몸은 이미 벌집처럼 숭숭 뚫렸다. 한참을 그렇게 하고 있는데, 누군가가 그의 어깨를 밀치고, 손목을 때렸다.

"재현아, 그만해."

나이아스였다. 재현이 마음에 안 든다는 표정으로 소리쳤다.

"빌어먹을! 나이아스, 왜 말리는 거야! 저리 꺼지지 못해?!"

"……어둠의 기운부터 다스려."

그 말에 정신을 차린 재현은 주위를 둘러보았다.

썬더라스는 걱정된다는 표정으로, 메타리오스는 평소와

같은 피곤한 얼굴이 아니라 화난 표정으로, 노에아넨과 샐레아나가 두려운 눈빛으로 그를 바라보고 있었다.

다크니아스는 무덤덤한 표정으로 팔짱을 끼고 있었다.

"젠장!"

그러나 마지막까지 성질이 풀리지 않았는지, 재현은 녀석의 머리를 축구공처럼 차 버리고는 시선을 거두고 어둠의 기운을 다스렸다. 잠시 후, 어둠의 기운을 다스린 그가 다시 눈을 떴다.

"후우."

"정신 차렸어?"

재현이 고개를 끄덕였다.

"나이아스, 고마워. 그리고…… 욕해서 미안."

꺼지라고 한 것이 마음에 걸린 재현은 어둠의 기운을 전부 다스리기 무섭게 사과했다. 나이아스가 고개를 저었다.

"일부러 그런 것도 아니니까."

나이아스는 괜찮다며 그를 위로해 주었다. 어둠의 기운에 익숙해져서 한동안 이런 적이 없었는데, 홉 고블린 부족장의 일로 분노가 크긴 했던 모양이다.

"역시 아직까지는 극도의 분노까지 어쩌지 못하는 모양이야."

이런 충격적인 광경을 보았으니 두려워하는 사람도 있

을 테고, 재현처럼 분노하는 사람도 있을 것이다.

"사람 살려!"

멀지 않은 곳에서 사람의 비명 소리가 들려온다.

재현은 홉 고블린 부족장의 지팡이에 매달려 있는 사람의 목을 다시 한 번 확인하면서도 분노를 마음속 깊이 삭혔다.

그에게는 아직 할 일이 많이 남아 있었다.

＊　　　＊　　　＊

몬스터들은 상가가 밀집한 곳까지 들어섰다. 미처 대피할 틈도 없이 몬스터들이 습격한 탓에, 상가에 꼼짝없이 갇히게 되었다.

대피소까지 거리는 얼마 되지 않지만 바로 눈앞에 몬스터들이 있는 까닭에 상가 밖으로 나갈 엄두를 내지 못했다. 하지만 몬스터들은 작은 소리에도 민감하게 반응했다.

상가에 사람들이 모여 있으면 결코 소리가 안 샐 수가 없었다. 몬스터들은 그 소리를 듣고 상가 안으로 들어왔다. 사람들은 최대한 위층으로 올라가 온갖 것들로 바리케이드를 쳤지만 그것도 점점 한계를 드러내고 있었다.

재현은 즉시 상가로 돌입했다.

"샐레아나!"

복도에 이리저리 방황하는 몬스터들을 향해 강한 열기를 내뿜었다. 몬스터들이 순식간에 불타오르며 괴성을 질렀다. 화재가 번지기 전에 나이아스가 재빨리 화재를 진압했다.

"엄청 많이 모여 있네."

층마다 몇 마리씩 몬스터들이 있다. 재현은 노에아넨과 메타리오스를 통해 전부 찾아내어 한 마리도 남김없이 소탕해 나갔다.

그렇게 순식간에 바리케이드까지 도착한 재현. 그는 바리케이드가 상당히 얇고 가벼운 것들로만 만들어진 것을 확인하고 소리쳤다.

"안에 계십니까?"

"누, 누구세요?"

바리케이드 밖에서 사람의 목소리가 들려오자 당황한 목소리로 누군가가 물었다. 살짝 보이는 틈으로 사람의 얼굴이 보였다.

"헌터입니다. 상가 내부의 몬스터를 전부 소탕했습니다. 혹시 나중에 더 들어올지 모르니 줄지어 나오세요."

안에 갇혀 있던 사람들이 환호했다. 빈약한 바리케이드라서 치우는 것은 금방이었다.

몬스터들이 이곳까지 오면 답이 없다고 생각했던 찰나에 그가 등장한 것이다.

그들에게 재현은 하늘에서 내린 희망의 빛이었다.

인원은 다섯 명. 여성과 어린아이들뿐이었다. 왜 바리케이드가 빈약했는지 이제 알 것 같았다.

군대를 다녀온 남자가 섞여 있었다면 그나마 튼튼한 바리케이드를 쳤겠지만, 여성들과 어린아이들뿐이다. 그들이 바리케이드를 쳐 본 적이 있겠는가.

"대피소는 아시죠? 그곳까지 얼른 가세요."

"가, 같이 안 가세요?"

여성이 당황했다. 설마 알아서 가라고 할 줄 몰랐기 때문이다.

"걱정하지 마세요. 메타리오스가 지켜 줄 테니까. 혹시 모르니 썬더라스도 따라가. 썬더라스는 몬스터들을 마주치면 즉시 소탕하고, 많다 싶으면 시선을 끌어 줘. 메타리오스는 사람들을 안전하게 지키는 것에 집중해."

"알았……어……."

"나만 믿어!"

재현은 메타리오스와 썬더라스에게 맡은 임무를 주었다. 그가 따라가기에는 몬스터들이 너무 많고 구조를 요청하는 사람이 있었기 때문이다.

"이렇게 보여도, 유능한 애들이니까 걱정 마세요. 옆에서 든든히 지켜 줄 거예요."

그들은 정령이란 존재를 모르기에 신기한 머리색의 외국인 헌터 정도로 인식하고 있는 모양이다.

*　　*　　*

몬스터들은 용인과 오산에서 등장해, 동탄 신도시와 병점까지 파죽지세로 진격했으나 그 이후 헌관위에서 투입한 헌터들에 의해 가로막히고 말았다.

그러나 다른 지역으로 가는 길은 몬스터들에 의해 완전히 봉쇄되어 버렸다.

때아닌 몬스터의 공격에 졸지에 사방이 포위된 것이다. TV와 휴대폰은 먹통이다. 수신이 되지 않아 라디오 전파만이 각 도시들의 상황을 알려 주고 있었다.

[현재 몬스터들은 전국, 전 세계에 다발적으로 출몰해 도시를 유린하고 있다고 합니다. 서울은 한강을 전선으로 하여 몬스터의 진격을 막아 내고 있으며 강북에 긴급 투입된 헌터들과 군대가 몬스터를 소탕하고 있다고 합니다. 서울의 피해만 하더라도 도시의 기능이 대부분 마비되었습니다. 청와대는 몬스터에게 점령당했고, 대통령의 행방은

오리무중인 가운데, 피해 현황도 제대로 집계되지 않는 상황입니다. 문화재 피해도 잇따르고 있습니다…….]

자세한 사망자 수는 집계할 수 있는 상황이 아니었다.

이쪽만 하더라도 피해가 꽤 많았다. 다른 도시들까지 합하면 얼마나 클지 감이 안 잡힌다. 킵보이로 듣는 라디오.

격렬한 전투를 마치고 휴식을 위해 피난처로 오게 된 재현은 한숨을 내쉬었다. 사람들은 그가 튼 라디오를 듣고 더욱 낙담하고 있었다. 도시가 봉쇄되었다.

원래 이 지역 사람이 아닌 이도 상당수 있었다. 놀러 왔다가 갇히게 된 사람도 꽤 된다는 소리였다.

"헌터 양반은 몬스터 소탕에 안 나가?"

한 노인이 재현을 바라보며 그리 물었다. 재현은 고개를 저었다.

"잠시 쉬려고요."

"이런 긴급한 때에 쉬는 게 어디 있나? 하나라도 더 해치워서 위험을 줄여야 하는 거 아닌감?"

그 말에 재현이 어색하게 웃었다. 오늘 그가 잡은 몬스터만 하더라도 벌써 50여 마리가 넘었다. 이곳저곳 뛰어다니면서 나름대로 노력했다.

"한 시간 정도 쉬려고요. 힘이 많이 고갈되었거든요."

"그런 건 정신력으로 버텨야지! 지금 이 순간에도 사람들은 죽어 나가고 있는데! 생존의 시대 때의 헌터들은 쉬지도 않고 사냥하러 나갔다고!"

노인이 갑자기 화를 내며 재현을 다그쳤다. 사람들이 옆에서 말렸으나, 그런 정신 상태로 헌터를 하는 게 말이 되냐며 그에게 뭐라고 한다.

재현은 자리에 있기 불편해서 밖으로 나갔다.

"헌터는 사람 아닌가? 쉬지 않고 싸우면 로봇이지."

재현은 머리를 박박 긁었다. 저들 입장이야 충분히 이해가 간다. 갈 곳이 막혔으니 이성적으로 판단할 만큼 냉정해지지 못한 것도 있을 것이다.

진심으로 한 소리는 아닌 것 같지만 그래도 그 말은 비수가 되어 상처로 남게 되기 마련이다.

[신경 쓰지 마. 재현이는 충분히 노력하고 있잖아. 다른 사람이라면 그만큼 잡기도 힘들었을 테고 말이야.]

정령계에 있는 나이아스가 텔레파시로 그를 위로해 주었다.

이미 50마리가 넘는 몬스터를 잡았다는 것은 충분히 그의 강함을 증명하는 것이다. 또한 남들도 쉽게 할 수 있는 것이 아니었다. 그는 정령력이 허락하는 동안 열심히 싸웠다.

다섯 시간이 넘도록 이리 뛰고, 저리 뛰고. 몬스터를 일일이 찾아가면서, 사람들을 구해 가면서 싸웠으면 정말 많이 싸운 것이다.

그러나 그는 나이아스의 말을 깊게 새겨들을 여유가 없었다.

"힘들다."

육체적으로도, 정신적으로도 지칠 대로 지친 몸으로 아무 곳에나 털썩 주저앉았다.

얼마나 힘들게 뛰어다녔는지 아무도 알아주지 않는 것은 상관없다. 재현도 사람이다. 일반인들보다 뛰어난 신체 능력이 있다고 하지만 먹고, 자고, 마시고, 휴식도 취해야 한다.

그러나 남들 모르게 고생한 사람에게 이런 취급은 재현이라고 해도 상처를 받을 수밖에 없었다.

혼자 있고 싶은 마음을 느꼈는지, 정령들도 조용히 있을 수 있도록 감정의 공유와 텔레파시를 끊었다.

*   *   *

하루가 지나자, 헌터들은 각자 위치에서 몬스터들을 소탕하는 것에 주력하기 시작했다.

도시가 습격당해 헌터들이 모일 시간조차 없어 현 위치

를 지키면서 몬스터들을 소탕하라고 상부에서 지시가 내려왔다. 이튿날, 재현은 피곤한 표정으로 아침을 맞이했다.

"수면이 부족해."

그는 몬스터들이 강해지는 밤에도 사냥을 나섰다. 그러고 나서도 거의 뜬눈으로 밤을 지새워야 했다.

피곤하긴 했지만, 잠에 쉽게 들 수가 없던 까닭이다.

도시에서 몬스터들이 울부짖는 소리가 지척에서 들리는데 태연히 잘 수 있는 사람은 드물 것이다.

그는 킵보이의 라디오를 틀어놓은 채 계속 경청 중이었다. 라디오에서는 쉬지 않고 상황이 어떻게 돌아가고 있는지 방송하고 있었다.

[비교적 외진 곳에서 출몰해 전주를 공포로 몰아넣었던 몬스터들이 소탕되었다는 반가운 소식입니다. 몬스터들의 일부가 전주에 남아 있지만, 안심해도 될 상황이라고 합니다. 한편 서해, 남해, 동해 바다에서는 해양 몬스터들까지 출몰해 육지와 해양을 동시에 방어하면서 전선을 유지하고 있다고 합니다.]

사태는 심각했지만, 다행이라고 해야 할까. 그렇게 강력한 몬스터들이 출몰한 것이 아닌 덕분인지 더 이상 밀리는 곳은 없었다.

전주처럼 도시를 완전히 수복하는 곳도 있고, 전선을 유지하고 있다고 한다.

어떻게 보면 불리하다고 볼 수 있지만, 몬스터를 상대로 전선을 유지하고 있다는 것은 큰 의미가 있었다.

전선이 무너지지 않았다는 것은 다시 반격을 노릴 기회가 온다는 의미이기도 했으니까.

무엇보다 몬스터들이 체계가 이루어지지 않은 것도 크게 한몫을 하고 있었다. 체계가 잘 이루어진 인간이 더 전장을 유리하게 가져갈 수 있다는 뜻이다.

몬스터들을 점차 소탕해 나가면서 헌터들을 집결시킬 시간도 충분했다. 수원, 용인, 오산에 있는 헌터들은 각자 정해진 위치로 집결했다. 재현의 경우 수원으로 위치가 정해졌다. 예비군들도 속속들이 무장을 갖추며 대괴수용탄을 보급받았다. 점차 반격의 기틀이 마련되어 가고 있는 것이다.

몬스터는 등급이 높아 봐야 C급이라는 것을 확인되었다. 대부분이 F~D급. 대괴수용탄만 있으면 충분히 잡을 수 있는 몬스터뿐이었다. 헌터 집합소장은 내일 있을 작전을 설명해 주었다.

"내일 아침까지 구로로 이동하여 본격적으로 서울 수복 작전을 펼치게 될 겁니다. 강남에서도 이를 위해 아래로 소탕 작전을 펼치게 될 겁니다. 다행히 구로역까지 몬스터들이 없어 열차 운행이 가능하다고 합니다. 전기도 끊어지지 않고 잘 돌아가고 있다고 하고요."

밤에는 일부러 전기를 틀지 않고 있지만 전기는 항시 돌아갔다.

과거처럼 석유나 풍력 같은 것으로만 전기를 얻는 게 아니라 수정체로 하여금 전력을 공급하는 덕분이다.

게다가 장비만 있다면 수정체 하나로 대피소 전체에 부족함 없이 전기를 만들 수 있었다. 대피소 특성상 예비 수정체는 꽤 많이 보유되어 있었다.

"오늘 열차로 이동해 군경과 합류해 작전을 펼치게 될 겁니다. 그 후, 강남으로 이동해 강북 수복 작전에도 투입될 겁니다. 자세한 작전은 그쪽 가시면 설명을 들을 수 있을 겁니다. 질문 있습니까?"

"몬스터는 얼마나 있나요?"

한 헌터가 손을 들며 질문했다. 약한 몬스터들뿐이니 긴장감은 다소 누그러져 있었다. 그러나 몬스터의 등급은 낮으면 낮을수록 번식력이 대단하기 때문에 그 숫자를 무시할 수 없었다.

"자세한 숫자는 파악되지 않았습니다만 최소 2,000마리 정도로 예상하고 있습니다. 최대치라도 5,000마리는 넘지 않을 겁니다."

"많긴 많네."

그렇다 해도 겁먹은 사람은 거의 없었다.

이곳의 헌터들만 투입되는 것이 아니라, 다른 곳에 모인 헌터와 강남에 있는 헌터들도 오기 때문이다.

무엇보다 군경들도 함께 작전을 펼치게 될 테니 충분히 할 만한 일이었다. 실전에 처음 투입되는 수습 헌터들이나 긴장하고 있었다.

요즘은 수습 헌터 때부터 실전이 아니라 훈련 프로그램으로 실전처럼 교육한다고 했던가? 이번에는 진짜 목숨이 왔다 갔다 하는 것이니 긴장하는 것도 당연할 것이다.

"우리는 보급품 없나요?"

"구로에 도착하면 각자 보급품을 하나씩 줄 겁니다. 그 점은 걱정하지 않아도 될 겁니다."

다들 더 이상 질문이 없다는 표정이었다.

"이곳에 상급 헌터가 있는 것으로 알고 있는데, 어디 계십니까?"

재현이 손을 들었다. 그리고 주위를 둘러보았다. 상급 헌터는 자기 혼자뿐이었다. 사람들의 시선이 전부 그에게 쏟아졌다. 자신들보다 젊은 사람인 덕분에 감탄하는 이들이 대다수였다.

"잘됐군요. 헌터들을 구로까지 인솔해 주시겠습니까?"

"이 많은 숫자를요?"

"예."

"지금 당장이요?"

"부탁드리겠습니다."

재현은 어차피 지휘하는 게 아니라 인솔하는 것뿐이니 괜찮겠지 하고 생각했다. 아예 지휘하는 것도 아니니 걱정은 크지 않았다.

*   *   *

구로까지 인솔하는 것은 별것 없었다. 그저 수원역까지 이동해서 지하철을 타고 가면 끝이다.

당연히 중간중간 인원 파악을 해야 했지만, 정령들의 도움을 받았다. 덕분에 한 사람도 빠짐없이 구로역까지 도착할 수 있었다.

구로역에 도착하니 역 주위로 군인과 경찰들이 포진한 것을 볼 수 있었다. 그들은 구로에 도착하자마자 보급품을 받을 수 있었다. 재현은 배낭에 들어 있는 보급품을 일일이 확인했다.

중급 포션 두 개, 각종 의약품과 LED, 그리고 예비 수정체. 마지막으로 대괴수용 권총과 대괴수용탄이 든 탄창도 다섯 개나 들어 있었다.

"이런 것도 다 주네."

재현은 대괴수용 권총을 보며 감탄했다. 설마 권총까지 줄 줄은 꿈에도 몰랐기 때문이다.

권총은 쏴 본 적이 없지만, 파지법과 쏘는 법을 대충 알려 주었다. 그래도 아일린과 조환성이 파지하는 것을 본 적이 있었기 때문에 폼만큼은 대충 따라 할 수 있었다.

비상시에 사용하라고 주는 것이니 어쩌면 한 발도 안 쏠 수도 있었다. 군에서 쓰는 탄띠도 받았는데, 권총집과 탄입대(탄창 주머니)도 함께 있었다.

"엄청 오랜만에 보네."

헌터가 되고 나서 예비군은 면제되기에 그 이후로 총을 쏘거나 군용품을 만질 틈이 없었는데, 이렇게 만지게 될 줄은 몰랐다.

익숙하게 허리에 탄띠를 착용하고 권총집과 탄입대를 고정시켰다. 군대에 가 보지 못한 여성 헌터들은 근처에 있던 남성들에게 도움을 요청하거나, 보면서 따라 했다.

처음만 어렵지, 실상 알고 보면 그렇게 어려운 것이 아니기 때문에 따라 하는 것도 무리가 없었다. 그렇게 어느 정도 무장을 갖춘 재현과 헌터들.

보급품을 전부 지급 받으니 헌터 집합소의 소장이 그들에게 상부에서 내려온 명령을 전달해 주었다. 명령은 간단했다. 구로의 몬스터들을 소탕하는 것이 임무였다. 오발 사고에 조심하고, 초급과 중급 헌터들은 파티를 권장하는 것이다. 상급 헌터들은 단독으로 행동해도 되지만, 위험은 각오해야 한다는 경고까지 되어 있었다. 만일에 대비해 파티에 들어가는 것도 괜찮으나…….

'솔플이 훨씬 낫지.'

차라리 자기 혼자 싸우는 게 훨씬 이로울 거라 생각했다. 파티를 맺어도 전부 자신이 할 거라는 생각밖에 없었다. 아무것도 안 하는 인원이 생길 바에 차라리 단독으로 행동하는 게 훨씬 도움이 될 것이라는 생각이 들었다.

딱히 명령 체계는 정해져 있지 않았다. 헌터들을 먼저 투입해 몬스터들을 소탕하고, 군경은 뒤에서 천천히 진격하며 놓친 몬스터들을 마저 수색하는 역할이었다. 몬스터들이 약한 만큼 명령도 간단했다.

"좋아, 가자."

상급 헌터는 단독으로 행동해도 되니 재현은 파티를 맺는데 분주한 헌터들을 뒤로하고, 가장 먼저 시내로 진입했다.

그렇게 며칠 후.

퍽!

경복궁의 경회루에 있던 마지막 몬스터가 재현의 손에 의해 처리되었다.

"거하게 일을 벌여 놓았네."

경복궁 곳곳의 담벼락 곳곳이 무너져 있었다. 생존의 시대 당시에도 일부 파괴되어 복구했는데, 이번에 몬스터들에 의해 담벼락이 무너진 것이다.

그래도 몬스터가 잔뜩 들어찼던 것치고 파괴된 곳이 그리 많지 않은 것은 위안 삼을 만한 일이기도 했다.

경복궁 내부의 몬스터들을 모두 소탕한 것이 확인되고, 헌터와 군인들이 몬스터의 시체를 치우기 시작했다. 외부에 대기하고 있던 트럭들이 줄지어 경복궁 앞에 섰다.

급하게 하지 않고 천천히 소탕해 나가자 몬스터들의 공격은 점차 약해지고 결국 강북까지 수복하는 데 성공했다.

다른 지역에서도 주요 도시와 몬스터들을 몰아냈다는 기쁜 소식이 연달아 날아왔다.

피해는 어느 정도 있었지만, 초기에 출몰하여 입은 피해를 제외하면 그 정도는 미미했다. 서울 전체를 수복하고,

대통령의 생사도 확인되었다.

대통령은 다행히 청와대의 지하 벙커에 들어가 서울을 탈환할 때까지 안전하게 있을 수 있었다.

대통령의 생사가 확인되고, 여러 지역들을 다시 수복했다.

육지로 기어 올라오는 해양 몬스터들 때문에 여전히 골치이지만, 최소한 내륙에서만큼은 크게 걱정이 안 될 정도로 소탕했다.

"후우, 힘들었다."

"수고했어, 재현아."

나이아스가 즉시 재현의 옷과 몸에 묻은 몬스터의 피를 싹 없애 주었다. 순식간에 깔끔해진 그는 고맙다고 인사하며 군인들이 나눠 준 전투 식량을 뜯었다. 그는 식사를 하면서 길게 하품을 했다.

출몰한 몬스터들의 수는 많지만 그만큼 질이 떨어지는 덕분에 소탕하는 것은 금방이었다. 재현뿐만 아니라 헌터들과 군인들마저도 긴장이 잔뜩 풀린 상태였다.

경찰들은 특경대를 제외하고 다시 치안 유지에 힘쓰고 있었다. 몬스터들의 출몰로 혼란스러운 틈을 타 범죄가 심심찮게 일어나기 때문이었다.

집에 돌아가지 못하고 야전에서 생활하게 된 지 벌써 2

주 가까이 되었다.

전화는 여전히 불통이지만, 다행히 초코톡이나 문자는 가능했다. 걱정이 컸는데 다행히 가족과 윤정한테 연락이 닿았다. 가족들은 대피소로 피난한 덕분에 무사할 수 있었고, 윤정은 부상자를 치료하느라 바쁘다는 모양이었다.

재현도 몬스터 소탕을 나서는 덕분에 이래저래 문자를 할 시간이 적었지만, 그래도 서로 안전하다는 것을 알고 안심할 수 있었다. 그러나 한편으로 불안한 감정이 남아 있었다. 정령왕이 이 정도의 일로 경고를 해 줬을까?

확실히 충격적이었고, 피해도 있었다. 하지만 무엇인가 부족한 감이 없잖아 있었다.

그런 생각을 하면서 내심 초조해졌다. 그러면서 일단 식사를 하고 있는데, 근방에 있던 헌터가 뭔가를 발견한 듯 한곳을 주시하고 있었다.

"저기 먹구름이 빠르게 몰려오고 있는데?"

"먹구름?"

그 헌터의 말에 주위에 있던 헌터들의 시선이 같은 쪽으로 향했다.

재현은 하늘을 바라보았다.

단순한 먹구름이겠지, 애써 생각을 부정하지만, 평범한 비구름이 아니라는 것은 진즉에 느꼈다. 비가 올 조짐은 아니다. 그러나 먹구름이 몰려온다. 이와 비슷한 상황은 고작 2주 전에 겪어 보았다. 현실을 부정하고 싶었다. 허나 현실은 너무도 잔인했다.

—웨에에에에엥!

또다시 도시에 사이렌이 울려 퍼지기 시작했다.

* * *

소탕도 거의 다 끝나 가고 있는 것 같았다. 윤정은 어린 환자의 작은 상처에 밴드를 붙여 주며 미소를 지어 주었다.

"자, 이제 괜찮아."

"고맙습니다!"

어린아이가 헤헤 웃었다. 그녀도 재현처럼 야전 천막에서 생활하며 환자들을 돌보고 있었다.

날씨가 풀렸다고 하더라도 밤에는 여전히 추운 탓에 난로를 틀어야 했다.

이제 다시 안정을 찾아가며 몬스터 소탕도 이제 거의 끝나고 사람들이 하나둘씩 일상으로 복귀하고 있었다.

윤정도 일거리가 꽤 줄었다는 것을 실감할 수 있었다. 이런 가벼운 상처를 돌볼 정도면 정말 많이 나아진 것이었다.

첫날에는 주위에 있는 환자들을 돌보던 윤정이지만, 몬스터들이 소탕되고 도시들이 수복되면서 헌터 전문 병원에 합류해 환자들을 돌볼 수 있었다.

환자들도 거의 다 빠져나가고, 그녀는 쉬는 시간마다 라디오를 들었다.

라디오를 들어 보니, 이번 일은 예상치 못했지만 정부에서는 이 일을 계기로 몬스터와 관련된 시설에 투자를 아끼지 않는 방향으로 전환하겠다고 밝혔다. 그런 좋은 소식들이 계속 쏟아지는 가운데, 속보가 날아왔다.

[지금 들어온 속보입니다. 전 세계 동시다발적으로 발생한 몬스터의 출몰이 막바지에 달한 지금, 영국의 일을 알려드립니다. 미지의 존재가 영국을 전역을 유린하고 있다고 합니다. 새로운 몬스터의 등장일까요? 아직 파악된 것은 없지만 영국에서부터 그 소식이 속속들이 들어오고 있습니다. 자세한 소식이 오는 대로 바로 전해드리겠습니다.]

"영국은 무슨 일이지?"

무슨 일이 벌어지고 있는지 모른다. 그러나 그곳까지 신경 쓸 여력이 없었다. 모든 나라들이 이 난리였다.

어떤 나라도 영국에 지원을 보낼 여력은 없었다.

일본의 경우 사면이 바다로 둘러싸인 덕분에 해양 몬스터의 공격이 더 치명적이라고 할 정도였다.

모든 나라가 지금과 같은 재난을 겪고 있으니 신경 쓸 사람이 얼마나 있을까.

[또 다른 속보가 들어왔습니다. 일본 오사카에서 또다시 몬스터들이 등장했다고 합니다. 일본은 여전히 고전을 면치 못하고 있는데 괜찮을까요? 어머? 중국하고, 미국도…… 갑자기 몬스터 재난이 일어난 곳이 늘고 있습니다! 이, 이게 무슨 일이죠?]

아나운서의 목소리가 격앙된다. 어찌나 크게 당황했는지 말까지 더듬고 있었다.

그러면서 윤정의 시선이 라디오로 향했다. 그녀는 설마 하는 생각이 들었다. 몬스터가 또 나타났다? 전 세계적으로? 그렇다면 한국에서도 나타날까? 이런 생각을 하고 있을 때였다.

—웨에에에엥!

밖에서 사이렌 소리가 울려 퍼졌다. 라디오 아나운서가 이에 맞춰 속보를 내보냈다.

[맙소사! 지금 막 한국에서도 몬스터 재해 경보가 발령됐습니다! 청취자 여러분, 신속히 대피소로 이동해 주시기 바랍니다! 실제 상황입니다! 몬스터 재해 경보가 발령되었

습니다!]

사이렌 소리에 사람들이 비명을 지르고 있었다. 윤정이
자리에서 벌떡 일어났다.

"환자들을 옮겨야 해요!"

의사의 본분을 다하고자 그녀가 간호사들에게 소리쳤
다.

Chapter 06

2차 몬스터 습격

이제 슬슬 일상을 찾아가는 움직임이 보였으나, 그것도 며칠 지나지 않았다. 또다시 몬스터들이 대거 출몰하여 사람들이 대피소로 다시 돌아가는 일이 벌어졌다.

자세한 규모는 모르지만, 이번에는 전보다 훨씬 더 강력한 몬스터들이 도심을 배회하고 있었다.

"큭! 서울에 와서 이게 뭔 짓이야."

재현은 숨을 깊게 들이마시며 기둥 뒤에 엄폐했다.

몬스터의 수가 많았다. 그것도 C급 이상의 몬스터들로 가득했다.

가장 먼저 피해를 입은 자들은 길거리의 치안을 유지하

고 있던 경찰들과 군인들이었다. 그중 민간인도 포함되어 있을 것이다.

한 번이 아닌 두 번째 공격에 재현도 어질어질할 정도였다. 헌터와 군인들도 자신이 꿈을 꾸고 있는 건가 싶을 것이다.

다행히 이번에는 각 지역마다 떨어진 것이 아니라, 서울에만 몬스터들이 출몰했다. 허나 그 수는 상상 그 이상이었다.

C급 이상의 몬스터들이 서울을 장악할 정도였다. 얼마 전에 나타난 몬스터는 맛보기였다는 듯이 질적으로도 우수한 몬스터들이 많아졌다.

심지어 몬스터들이 나타난 곳에서 간신히 빠져나온 헌터와 사람들이 B급 몬스터도 봤다고 했을 정도다.

이 정도면 충분히 A급 몬스터도 있을 수 있기에 풀어졌던 긴장이 몇 배로 들어갔다.

이제 며칠만 지나면 집으로 돌아갈 수 있다는 생각도 하고 있었는데, 다 도루묵이 되었다.

도시를 수복했어도 아직 몬스터들이 잠재해 있다. 남아 있는 몬스터가 있는데, 또다시 몬스터가 등장하다니. 가히 충격적이라고 할 수 있었다.

헌터들은 각 군부대와 합류해 몬스터를 소탕하는 체계

로 나아가고 있었다. 얼른 합류하는 것이 가장 합리적인 일이지만, 지금 그러고 싶어도 그럴 수가 없었다.

'지천에 깔렸군.'

경복궁 내부까지는 들어오지 않은 것 같지만, 몬스터들이 시내를 돌아다니고 있다. 재현은 킵보이를 통해 밖에 돌아다니고 있는 몬스터들의 정보를 확인했다.

이름: 웨어 울프

등급: C

종류: 개과

－달빛이 있는 어두운 저녁에 큰 힘을 발휘한다. 야간 전투에 특화된 몬스터이다. 날카로운 손톱과 강력한 턱은 철골을 간단하게 으스러뜨리고, 200kg을 한 손으로 들어 올릴 정도로 힘이 세다. 매우 민첩하다. 후각은 퇴화했다.

주의: 암(暗), 수(水), 빙(氷) 속성 저항. 야간에 30%의 힘을 더 얻음.

약점: 화(火), 광(光) 속성에 치명적.

이족 보행을 하면서 키는 못 해도 3미터 정도 되어 보이는 몬스터. 거기다 털 또한 검은색이었다.

웨어 울프를 실제로 보는 것은 이번이 처음인 재현. 그는 다른 몬스터의 정보도 확인했다.

이름: 스캐빈저 고블린 매지션
등급: C+
종류: 고블린과
- 저주 마법과 화 속성 공격을 주로 사용한다. 기습을 좋아하고 은신을 잘하기에 자칫 방심하다가 뒤에서 공격 당할 수 있다.
주의: 암(暗) 속성 저항.
약점: 물리 공격

눈앞에 보이는 C급 몬스터는 대략 열 마리 정도. 그러나 결코 함부로 하지 못하는 몬스터도 있었다.

아만도크와 야드리거다. B급 몬스터들을 사냥하러 갔을 때 보았던 몬스터들이다. 그러나 그때와 지금은 상황부터가 달랐다.

그 당시에는 짝짓기를 맺으려고 경쟁하고 있던 녀석들이 지쳤을 때를 노려 공격한 것이다. 그러나 지금은 짝짓기 때도 아니고, 이제 막 출몰한 녀석들이다. 몬스터 준동처럼 몬스터들끼리 연합하고 있으니 그때와 같은 요행은 기대하지 않는 게 좋을 것이리라.

무엇보다 이곳에서 아만도크와 야드리거를 잡을 수 있을 만큼 강한 사람은 재현 말고 없었다. 다들 뭉쳐서 싸워야 간신히 이길 것 같았다.

'정말 재앙이군.'

밥 먹다가 이게 무슨 일인지. 이제 좀 쉬나 싶었는데 또 나타나니 재현도 당황스러울 수밖에 없었다.

C급 몬스터가 저렇게 많이 몰려 있다니. 재현이라고 해도 포위망을 뚫고 지나가기에 무리가 있을 정도였다.

혼자서 이동한다면 어떻게든 될지도 모르지만, 이곳에 같이 있는 헌터와 군인들을 버리고 갈 수도 없었다.

그렇다고 전부 다 이동하자니, 이 인원이 우르르 움직이면 눈에 띌 수밖에 없었다. 이래저래 고민을 해야 하는 재현이었다. 다른 곳에 위치한 부대에서도 이로 인해 한바탕 난리가 났을 것이다.

'하나씩 처리하기도 곤란한데.'

한 마리씩 유인할 수 있다면야 괜찮을 것 같지만, 역시 힘들다.

그래도 다행이라면 몬스터 시체를 나르던 트럭 덕분에 그들의 냄새가 녀석들에게 닿지 않는다는 것이었다.

이대로 대기하고 있다가 다른 곳으로 갈 때까지 기다리

는 것이 현명한 일일지도 몰랐다.

헌터들과 군인들도 마찬가지인지 숨을 죽이고 있었다. 혹시 모를 불상사에 대비해 항시 무기를 곁에 두는 것도 잊지 않았다.

거기다 그들은 재현이 상급 헌터라는 것을 알고 있는 자들이었다. 경복궁에서 몬스터를 같이 처리하면서 그의 위용을 목격했기 때문이다. 다들 재현에게 의지하고 있었다.

'부담스러워!'

그들이 자신에게 의지해 주는 것은 고마운 일이지만, 부담스럽다. 재현은 일단 상황에 맞게 대처하고자 했다. 지금은 싸우는 것보다 녀석들이 지나가기를 기다리는 것밖에 방도가 없다고 생각했다. 이대로 싸우면 분명 피해가 커질 것이라 생각했다. 다행히 민간인들도 사이렌을 듣고 재빨리 대피한 덕분에 아비규환이 펼쳐지지는 않았다.

녀석들은 정처 없이 떠돌고 있긴 하지만, 경복궁 내부로 들어올 생각은 없는 것 같았다.

'좋아, 이대로 얼른 가라!'

다행히 피해 없이 부대에 합류할 수 있을 것이라 생각한 재현. 헌터들도 그와 같은 생각을 하고 있었다. 그러나 현실은 꼭 계획대로 이루어지는 경우는 드물었다.

"모, 몬스터가 밖에 있어요! 뭐하고 계세요, 얼른 소탕해 주세요!"

밖에서 몬스터 시체를 나르던 트럭 기사가 미처 대피하지도 못하고 소리치며 경복궁 안으로 들어왔다.

트럭 기사는 헌터들이 몬스터들을 소탕할 수 있을 것이라 믿고 소리친 것이다. 헌터들이 깜짝 놀라며 다급히 트럭 기사의 입을 막았지만, 늦었다.

몬스터들의 시선이 이쪽으로 집중되었기 때문이다. 녀석들과 눈이 마주치고, 결국 재현이 소리쳤다. 다른 곳으로 향하던 몬스터가 이쪽으로 발길을 돌린 것이다.

"젠장!"

다들 자리에서 벌떡 일어났다.

"전투 준비!!"

그리고 죽음의 사투를 벌이기 시작했다.

*   *   *

다행히 경복궁 근처 빌딩에 몬스터가 있을지 모르니 확인차 갔던 헌터들이 도움을 준 덕분에 무사히 빠져나올 수 있었다. 하지만 그 피해는 만만치 않았다. 헌터보다 군인들의 피해가 더 컸다.

대괴수용탄으로 싸웠지만, B급 몬스터에게 큰 치명타를

입히지 못하는 탓이다.

부상자는 없었다. 몬스터들이 전부 먹어 치웠기 때문이다. 부상자들은 몬스터들에게 있어 좋은 먹잇감이었다.

그의 눈앞에서 쓰러진 헌터만 해도 다섯 명. 몬스터들에게 산 채로 먹힌 사람만 열 명을 보았다.

사람이 산 채로 먹히는 걸 보는 것은 썩 좋은 일이 아니었다. 급한 대로 투입된 수습 헌터와 초급 헌터들은 지금 상황이 믿기지 않는 듯 혼잣말을 중얼거리고 있었다. 누군가는 흐느끼며 엉엉 울고 있었다.

'이런 것에도 익숙해지다니.'

사람이 왜 적응의 동물이라고 하는지 알 것 같다. 이제 사람이 어떻게 죽든 그다지 큰 충격으로 다가오지 않았다. 사람이 몬스터에게 먹히는 모습을 보고 분노할지언정 그것 또한 시간이 지나면 덤덤했다. 울거나 낙담하지는 않았다.

"그 빌어먹을 트럭 기사 때문에……."

한 헌터가 그리 중얼거렸다. 몬스터들을 끌어들인 트럭 기사 때문에 피해를 입었다. 살아 있었다면 욕이라도 하고 싶은 심정이었을 게다. 하지만 트럭 기사도 몬스터에게 희생된 사람 중 한 명이었다.

아무런 능력도 없고, 체력도 부족한 탓에 가장 먼저 희생되었다. 분노를 향할 곳이 없었다. 그러나 트럭 기사만을 탓할 수는 없는 노릇이었다. 트럭 기사는 이런 일에 익숙지 않은 사람이다.

조용히만 있었으면 다들 무사히 빠져나갔을 수도 있었을 테지만, 일반인이 몬스터를 앞에 두고 이성적으로 판단할 정신은 없다.

근처에 헌터도 있으니 도움을 받자고 생각했을 것이다. 그래도 그 때문에 피해가 생긴 것은 부정할 수 없다.

"젠장, 젠장, 젠장!"

트럭 기사를 욕하던 헌터가 방향을 잃은 분노를 애꿎은 벽에 화풀이했다.

그 누구도 그 모습을 보고 뭐라고 하지 않았다. 심적으로 지친 상태라 말릴 사람은 없었다.

재현도 마찬가지였다. 그는 지친 몸을 이끌고 아무 곳에나 털썩 주저앉았다. 몬스터의 2차 침공에 기가 쭉 빨린 기분이었다.

이제 좀 쉬고 싶었다. 휴식다운 휴식도 못 취하고 하루 종일 굴렀다. 그의 몸은 흙과 피로 범벅이 된 상태였다.

게다가 매우 드물게 그의 티타늄 로브에 달려 있는 갑옷 부분에 생채기가 나 있었다. 그만큼 치열하게 싸웠다는 뜻이다.

"재현아, 일어나!"

나이아스의 외침에 재현이 피곤한 얼굴로 나이아스를 바라보았다. 다들 한쪽 방향을 바라보고 있었다.

거리가 멀어 자세히 보이지는 않지만 그곳에는 검은 그림자들이 이쪽을 향해 오고 있었다.

"전혀 쉴 틈을 주지 않는구나."

굳이 무엇인지 깊게 생각하지 않아도 뻔하다. 몬스터다.

정화수를 꺼내 마셨다. 일단 부족한 정령력을 회복했다.

재현은 주먹을 꽉 움켜쥐었다. 기껏 합류해서 조금 쉬려니 몬스터들이 공격해 오고 있다. 지금은 주저앉아 있을 시간이 없었다.

군인과 헌터들이 일사불란하게 움직이기 시작했다.

＊　　　＊　　　＊

평소 헌관위 본부에서 갖던 논의 장소가 이제는 지하 벙커에서 열리게 되었다. 그러나 지하 벙커에 올 수 있는 인원이 적다 보니 영상으로 대신해야 했다.

모니터에 연결된 현주는 불편한 기색을 숨기지 않고 상부의 인사들을 바라보았다. 상부의 인사들은 그녀와 두 눈을 제대로 마주치지 못하고, 애써 시선을 회피했다.

―제가 뭐라고 했죠?

"……."

―파도가 일어날 테니 준비해야 한다고 하지 않았던가요? 혼란과 불안을 가중시키지 말라고요? 그 결과가 이런데도요?

헌관위 상부 인사들은 선생님에게 꾸중 듣는 학생 같은 모습이었다. 현주가 누군가를 크게 혼내는 경우는 드물다고 할 수 있었다.

"그…… 서울의 요새가 지어지기 때문에 괜찮을 것이라 생각해서……."

―제가 그걸 모르고 말했겠습니까? 그걸로 부족하지 않을까 싶어 말한 거죠. 게다가 그건 원래부터 계획했던 것 아닙니까? 파괴자의 일로 협상이 되었을 뿐이죠.

"그건……."

―제 말에 틀린 게 있습니까?

"끙……."

헌관위에서도 뭐라고 대답하지 못했다. 현주가 집요하게 이를 추궁하는 데다 말에 전혀 틀린 것이 없었기 때문이다.

―제 발언 때문에 방송에 사람을 출연시켰더군요. 요새만 있으면 된다, 파괴자는 이례적인 일일 뿐이다. 그래도

혹시 모르니 요새를 짓고 있다. 보면서 어처구니가 없더군요.

이미 조사를 다 해 본 현주다.

그녀의 힘만으로 충분히 이에 대한 뒷조사를 할 수 있었다.

혹시나 했는데, 조사 결과 헌관위에서 보낸 전문가였다. 정말 기가 막힐 따름이다. 방송을 보고 얼마나 황당했던지…… 말이 안 나올 지경이었다.

잠자코 듣고 있던 정송우가 이대로 있다가는 논의가 아니라 청문회가 될 것 같다고 생각하며 중재했다.

―박현주 씨. 일단 진정하세요. 이미 상황은 벌어질 대로 벌어졌습니다. 그때 일을 꺼내 봤자 의미가 없습니다.

그녀도 알고 있는 것이었다. 허나 자신의 경고를 무시해서 이런 사태가 벌어졌다는 것에 화가 났다.

큰일도 아니었으면 이 정도로 화내지 않았을 것이다. 이러면서 계속 책임을 회피하려고만 하는 헌관위에 화가 났다.

일단 그녀는 심호흡을 하며 불편한 심기를 삭혔다. 어느 정도 진정이 되었을 때쯤 송우가 말을 이었다.

―과거의 일은 덮어 두고, 현실을 직시해야 합니다. 몬스터는 이미 나타났고, 한 번 공격을 당했는데, 연이어 나

타났습니다. 이번에는 서울에만 나타났다고 하지만……
초대형 몬스터가 나타난 것과 비교할 수 없을 만큼의 피해
를 입게 될 겁니다.

인적 피해는 말할 것도 없고, 재산 피해도 꽤 많이 나올
것이다. 1차 출몰 때는 미처 대비하지 못한 상태에서 전국
구에 나타났기에 엄청난 피해를 입었다. 그런데 거의 다
소탕되어 가는 와중 서울에 또다시 나타났으니…… 이 사
태가 끝난 후에 복구 비용도 만만찮으리라.

—책임은 나중에 묻기로 하죠. 미래는 나중에 생각하고,
일단 지금 당장 눈앞에 있는 현실을 헤쳐 나가는 것이 우
선입니다. 다행히 2차 몬스터 출몰은 서울에만 나타났다
고 하니까요.

대신 C등급 이상의 몬스터가 출몰한 건 함부로 웃지 못
할 일이다.

1차 몬스터 출몰보다 수는 적다 하더라도 질적으로 우
세하기 때문에 소탕하는 것에 애먹을 것이다.

그런데 여기에서 만일 3차 출몰까지 벌어진다면…….

그때는 국가 위기가 아니고 말 그대로 국가의 기능이 완
전히 마비가 될 것이다. 2차 출몰도 전 세계적으로 일어나
고 있는 문제다.

이미 몇몇 국가들이 무정부 상태로 헌터들에게 모든 임

무를 맡기고 있다고 한다. 한국도 그러지 말라는 법은 없었다.

─헌터들을 서울에 집중하는 것이 좋을 것 같습니다. 더 이상의 피해가 확산되는 것을 막아야죠.

다들 고개를 주억이며 동의했다. 눈앞에 벌어진 일부터 해결한다로 귀결되었다. 마스터 헌터들도 이제 적극적으로 나설 때가 되었다.

서울에 A급 몬스터들도 돌아다니고 있으니 신속히 투입할 필요가 있었다.

* * *

"대형을 유지해!"

"방어선이 뚫리지 않도록 조심해!"

몬스터들이 계속해서 밀고 들어왔다. 헌터와 군인이 몬스터의 공격을 막기 위해 힘을 쏟아부었다. 그러나 역시 역부족이다.

"큭!"

재현은 어지럼증을 호소하면서도 공격을 멈추지 않았다. 정령력의 회복도 제대로 못 한 상태에서 또다시 능력을 사용하니 힘도 금방 고갈되었다.

헌터들은 대부분 초급 헌터. 그중 3분의 1만 중급 헌터다.

C급까지는 어떻게 해결할 수 있다. 그러나 B급부터는 제아무리 중급 헌터라고 해도 무리였다.

B급 몬스터는 전부 재현이 해결하고 있었다. 또한 방어선을 유지하기 위해 재현은 광범위한 공격을 계속해서 사용하고 있었다.

그 덕분인지 아직까지 뚫리지 않았다.

"나이아스, 웨이브 커터!"

날카로운 칼날이 파도처럼 쏟아진다. 몬스터들이 크게 뒤로 밀리며 부상을 입거나 반으로 베어진다.

"썬더라스, 일렉트릭 쇼크!"

거대한 번개가 사방으로 퍼진다. 몬스터들이 감전되며 기절하거나 신경에 데미지를 입어 제대로 움직이지 못한다.

"샐레아나, 익스플로전!"

폭발이 일어났다. 화재가 번지며 녀석들에게 더욱 피해를 주었다. 다행히 바람이 등지고 불어와 이쪽에 피해는 생기지 않았다.

"아이언 스피어."

재현은 사철로 된 창을 만들었다. 그가 정령력을 불어넣었다. 그 많은 공격을 뚫고 들어온 B급 몬스터를 향해 창을 있는 힘껏 찔렀다.

"쿠워어어억!"

키만 따지면 5미터 이상은 족히 될 곰 같이 생긴 몬스터가 괴성을 내지른다.

녀석이 움직이자, 재현이 허공에 붕 떴다. 어마어마한 힘이다. 그는 창대를 꽉 움켜쥐었다.

킵보이로 정보를 확인해 보지 않아서 잘 모르지만, 아무래도 녀석이 세 번에 걸친 공격에도 무사할 수 있던 것이 마음에 켕긴다.

아무래도 속성 공격에 저항할 수 있는 것 같았다.

전기가 거의 통하지 않는 것 같다. 그러나 전기를 사용하는 몬스터도 아니다. 그렇다면 체내로 흘려보내는 것을 생각했다.

"라이트닝 차징!"

사철의 창을 통해 어마어마한 전류가 녀석에게 쏟아졌다.

녀석의 몸에서 빛이 일어나며 강한 전류가 체내에서 터져 나갔다. 녀석의 몸에서 연기가 피어올랐다. 수정체에 영향이 갔는지, 녀석이 단번에 쓰러졌다.

체내에서 일어나는 강력한 전류까지는 어쩔 수 없는 것

같았다. 재현은 한 녀석을 처치한 후, 뒤를 돌아보았다.

"으아아악!"

잠시 한눈을 파는 사이에 어느새 방어선이 뚫렸다.

비명을 지르거나, 몬스터의 손아귀에 잡혀 살려달라고 말하는 사람들이 보인다. 몬스터들이 인간을 덮치고, 산 채로 포식하기 시작했다.

"이것들이……!"

재현이 주먹을 꽉 움켜쥐며 사람을 구하려고 달려들려고 했다. 그러나 그의 주변으로 몬스터들이 몰려오기 시작했다.

그가 혀를 차며 뒤로 물러났다. 구하고 싶어도 구할 수 있는 상황이 아니다. 전선이 점점 뒤로 밀려갔다.

"중대장님!"

전선에 있던 소위 한 명이 중대장에게 다가왔다.

"1소대장. 무슨 일이야?"

"탄이 다 떨어져 갑니다!"

최악의 상황은 계속해서 일어났다. 부대 측에서 탄이 벌써 다 떨어진 것이다.

"바, 박격포는? 포반장, 화기 소대장!"

"탄이 아직 많이 남아 있지만 몬스터들이 너무 가까이

에 있어서 쏠 수가 없습니다!"

"얼른 화력 지원을 요청해!"

"다른 곳도 마찬가지라고 합니다! 전선 유지를 위해 뒤로 후퇴하라는 명령이 떨어졌습니다!"

"이곳에서 밀리면 서울 밖인데……!"

아예 서울에서 멀어지라는 명령이다. 그러나 지휘 계통에서는 후퇴를 시작하라고 명령이 떨어졌다. 중대장이 혀를 차며 지휘했다.

"화기소대부터 먼저 후퇴를 감행한다. 화기소대에서 후퇴 준비가 끝나면 각 소대와 헌터들도 후퇴해!"

"예!"

결국 서울은 지키지 못하고 후퇴를 감행해야 했다.

*   *   *

결국 전선이 밀리고 밀려 몬스터들에 의해 서울 전체를 빼앗겼다.

모든 부대에서 방어선을 구축하며 끈질기게 버텼지만 결국 밀릴 수밖에 없었다. 몬스터들이 도시를 장악하면 대피소도 안전하지 않았다.

그 때문에 민간인들이 대피할 시간을 만들어야 했다. 덕분에 피해가 말이 아니었다.

헌터와 군인, 경찰이 반 토막이 난 까닭이다. 그중 생사가 불투명한 자도 상당수 있었다.

그중 대열에서 떨어진 자와 몬스터를 피해 숨어 있는 자도 있을 것이다. 그러나 그 대부분은 사망자일 것이다.

게다가 서울을 방어하지 못한 것은 대괴수용탄이 통하는 몬스터들이 너무 적은 탓도 있었다.

통상적으로 B급 몬스터들부터는 대괴수용 섬멸탄을 써야 충분한 데미지를 줄 수 있었다.

강력한 화력을 자랑하는 공군의 화력이 절실했지만, 세종시에 나타난 비행 몬스터가 아직 소탕되지 않아 그쪽에 집중하고 있었다.

비행 몬스터로 인해 전투기 피해도 상당한 것 같았다.

천막에서 지내고 있는 재현은 잠시 꺼 두었던 스마트폰을 꺼내 문자를 확인했다. 지혜와 재희 그리고 윤정에게서 문자가 와 있었다.

서울에 투입되었다는 소식을 들었는데, 또 몬스터가 출몰했으니 걱정이 만만찮았으리라.

일단 무사하다고 답장을 보낸 후, 윤정의 문자를 확인했다. 윤정은 꽤 많은 수의 문자를 보냈다.

[오빠, 나는 무사해. 다행히 헌터들이 시간을 벌어 준

덕분에 무사히 대피할 수 있었어.]

[오빠, 괜찮아? 나 지금 야전 병원에 있어.]

[바쁜 거야?]

[걱정시키지 말고 대답해 줘.]

[문자를 확인하는 대로 답장 보내 줘.]

자신을 어찌나 걱정했는지 여러 차례 문자를 보냈다. 전화가 불통이니 휴대폰이 꺼져 있었는지도 확인할 방도가 없다.

그는 지금도 답장이 오길 바라는 윤정에게 바로 답장을 보냈다. 그리고 배터리도 얼마 없다는 것도 추가적으로 보냈다.

문자를 보내기 무섭게 휴대폰의 배터리가 전부 소진되었다.

나중에 따로 충전을 하던가 해야 할 것 같은데, 그럴 여력은 없었다.

썬더라스와 메타리오스를 이용해 충전시킬 수 있을 것도 같지만, 급한 용무가 아니라면 시도하지 말자고 생각했다.

잘못하다가 휴대폰이 폭발해서 쓸모없어지면 그건 그것대로 곤란해지니까.

'이럴 줄 알았으면 수정체 휴대용 충전기 하나 장만할 걸.'

에너지로 쓸 수 있는 수정체를 넣고, 선으로 연결하면 즉각 충전이 가능한 배터리다. 막상 쓰지 못하게 되니 이렇게 불편할 수 없었다.

충전이야 금방 끝나니 지나가는 헌터들을 붙잡아서 부탁할까 생각도 해 봤지만, 현 상황에서 그렇게 할 사람이 몇이나 있을까.

다들 사기가 떨어질 대로 떨어진 상태고, 녹초가 되었다. 누군가는 곧장 천막을 치고 억지로 잠을 청하고 있었다. 이게 꿈인지 생시인지 다들 혼란스러울 것이다.

한편 인원 파악을 하고 있던 대위가 암담한 표정을 지으며 소리쳤다.

"헌터들을 포함해도 대대 인원이 중대가 되어 버렸어."

그는 이 부대에서 살아남은 유일한 중대장이었다. 다른 중대장들은 몬스터들에게 희생이 되었다.

심지어 대대장은 부대대장과 연락조차 되지 않아 임시로 그가 지휘 체계를 유지하고 있었다. 후방에서 몬스터들에게 공격당한 것일지도 모르고, 무전기를 분실했거나 고장 났을 경우도 생각해 두었다.

대대장과 연락이 안 되는 것도 문제지만, 대대급이 순식간에 중대급이 된 것도 문제였다. 너무나 암담한 현실이었다.

갑작스럽게 몬스터가 또다시 나타난 것은 둘째 치더라도, 평범한 인간이 C급 이상의 몬스터들을 상대하기에는 너무 벅찬 까닭이다.

심지어 재현을 제외하고 헌터들마저 큰 힘을 발휘할 수 없었다.

"박재현 씨, 박재현 씨 계십니까?"

자신이 호명되자, 재현이 손을 들었다. 중대장의 얼굴이 조금 환해졌다. 중대장의 명찰을 확인했다. 조태성. 그것이 중대장의 이름이었다.

"무사하셔서 다행입니다. 상급 헌터가 절실했는데."

재현이 잘못되었으면 이 부대는 더 이상 손쓸 수 없을 것이다. 다행히 몬스터들이 서울을 점령하고서 진군을 멈추었다.

그래도 녀석들을 상대할 헌터가 없으면 다 무용지물이다. 다시 진군을 시작하면 바로 퇴각해야 하기 때문이다. 그나마 상급 헌터가 한 명이라도 있어 어느 정도 안심이되었다. 재현은 자신을 부른 것이 그 이유 때문은 아니라고 생각했다.

"연대에서 무전이 도착했습니다. 현재 네 명의 마스터 헌터들이 서울 탈환 작전에 투입된다고 합니다. 한 명은 세종시에 있는 몬스터를 소탕하는 역할로 오지 못할 거고요."

그런데 그것을 왜 자신만 따로 불러서 말해 주는 것인지 궁금하다는 표정을 지었다. 조태성 중대장은 그를 부른 이유를 말해 주었다.

"그때까지 헌터들의 지휘를 부탁드립니다. 제 부대에 있는 군인은 제가 지휘토록 하겠습니다."

재현은 자신을 가리켰다.

"전 명령권 없는데요?"

"헌관위에서 지침이 내려왔습니다. 상황에 따라 높은 등급의 헌터가 낮은 등급의 헌터를 지휘하라고요. 마스터 헌터들이 도착할 때까지만 유효하다고 합니다."

"잠시만요."

그런 중요한 일이라면 킵보이에 긴급 공지가 왔을 것이다. 재현은 즉시 킵보이로 그 내용이 사실인지 확인을 해 보았다. 긴급 공지가 하나 도착해 있긴 했다. 그는 긴급 공지를 열어 보았다.

[긴급 공지]
서울에서 몬스터와 대치 중인 헌터들에게 모두 알림.
일시적으로 지침을 변경, 현 시간부로 모든 헌터들에게 전달.

〈하달 내용〉

지침 1. 현 시간부로 상급 헌터에 한해 수습, 초급, 중급 헌터들을 지휘할 수 있음.

지침 2. 상급 헌터의 말에 절대 복종할 것. (단, 상급 헌터의 불합리적인 명령에 수정을 제시할 수 있음. 상급 헌터는 적극 검토하고 결정할 것.)

지침 3. 마스터 헌터들을 투입할 때까지 전선을 유지할 것.

지침 4. 마스터 헌터가 투입되고 지휘 계통을 이어받는 즉시 위의 1, 2번 지침은 힘을 잃게 됨. (단, 마스터 헌터의 역량으로 일부 지휘자가 선별될 수 있음.)

조태성 중대장의 말은 사실이었다. 재현이 난감한 표정을 지었다.

마스터 헌터가 올 때까지라는 전제 조건이 있지만, 마스터 헌터들이 언제 올 줄 알고 이러고 있겠는가.

문자로 안부를 물어보니, 현주만 하더라도 지금 충청도에 갔다. 다른 마스터 헌터들 또한 각 지역으로 뿔뿔이 흩어진 상황. 모이는 시간이 문제다.

예전이면 몇 시간 정도만 기다리면 되겠지만, 지금은 다르다. 도로가 파괴되고, 무너졌다.

덕분에 이곳까지 오는 것에는 몇 시간이 아니라 빨라도 하루 이틀은 걸리지 않을까 싶었다.

헌터들을 지휘한다니. 이곳에 존재하는 헌터들의 수는 서른 명 정도다. 아프리카 원정 때와 거의 비슷한 수였다.

'끙…… 이런 거 별로 안 내키는데.'

누군가를 지휘한다는 것은 어깨가 무거워지는 일이다. 자신의 말 한마디에 사람의 목숨이 달려 있기 때문이다. 물론 그렇게 되지 않도록 노력하겠지만, 몬스터가 다시 진군하면 어떻게 될지 모른다.

재현을 제외하고 다른 헌터들이 B급 몬스터 한 마리를 상대한다고 하면 못 할 것도 없지만, 두 마리까지는 버거울 것이다. 그러나 지금 상황에서는 의미가 없었다. 실제로 지금은 몬스터 준동 때처럼 몬스터들이 연합하고, 종족에 관계없이 무리를 지어 다니고 있기 때문이다.

'몬스터 준동처럼이라면 우두머리가 있을 수 있다는 소리인데…….'

과연 그 우두머리가 누구일까. 2차 출몰이 시작된 지 얼마 되지도 않은 데다 전선이 뒤로 밀리고 다들 몸을 사리고 있는 터라 우두머리를 파악하기는 요원해 보였다.

지금은 일단 자신의 할 일이 정해진 상태이니 임무에 충실하기로 했다.

"부족하지만 잘 부탁드립니다."

"저야말로 잘 부탁드립니다. 유능한 헌터와 함께하니 든든합니다."

조태성 중대장이 손을 내밀었다. 재현은 칭찬에 머쓱했는지 머리를 긁적이며 손을 잡았다.

* * *

재현이 임시로 지휘를 하게 된 시점에서 가장 먼저 파악한 것은 헌터 개개인의 능력이었다.

헌터들의 능력은 다양했다. 일일이 기억하기 힘들기 때문에 수첩에 적어 놓았다.

다소 익숙한 능력도 있지만, 처음 보는 능력이 다수였다. 그러면서 조를 재편성하기 시작했다.

여러 가지 고민을 한 결과, 6인 1조로 완성할 수 있었다.

이렇게 조를 나누니 알아보기 쉬웠다. 재현은 조에서 또 인원을 선별해 조장을 뽑았다.

지침에 상급 헌터만 허용된다고 했지만 재현이 일일이 신경 쓸 수 없는 상황도 있었다. 현장에서 뛰는 자들이 판단할 수 있도록 지휘권을 일부 양도했다. 그렇다고 재현이 안 뛰는 것도 아니다.

일단 최대한 밸런스에 맞게 조를 짜 두기는 했지만, 초급과 중급 헌터들이기 때문에 어려운 점이 따랐다.

모여 다니는 게 좋을 것 같았다. F~D급, 강해 봤자 C급 몬스터만 출몰했던 1차 몬스터 출몰 때와는 달랐다.

초급 헌터들도 잡는 데 무리 없는 것이 F~D급 몬스터이다. 때문에 개인 혹은 소수 인원으로 파티를 맺었지만, 지금은 아니다.

다수가 공격해야 간신히 B급을 잡을까 말까이다. 인명 피해를 최소화하려면 뭉쳐 다니는 게 정답일 것이다.

그렇게 깔끔하게 조를 편성하고서 그가 물었다.

"혹시 자신의 조가 마음에 들지 않으신 분은 손을 들어 주세요. 원하시면 바꿔 드리겠습니다."

한 명이 손을 들었다.

"바꿔 달라는 건 아니고, 하나 질문하려고요."

"예, 말씀하세요."

"혹시 쳐들어갈 생각인가요?"

한 초급 헌터가 손을 들며 그에게 질문했다. 재현은 고개를 저었다.

"아뇨. 헌관위에서 공격하라고 지시가 내려왔다면 공격했겠지만, 마스터 헌터가 도착할 때까지 전선을 유지하라고 했으니까요."

전선을 유지하라고 하는 이유는 안 봐도 뻔하다. 병력을 재편성하려는 목적일 것이다.

서울 한복판에 몬스터가 또다시 출몰한 덕분에 병력의 손실이 컸다. 무엇보다 준비도 제대로 되지 않은 상태이다.

이 상태로 쳐들어가 봤자 전멸밖에 없었다.

서울이 완전히 점령당한 이후로 진격이 멈춘 몬스터들.

왜 진격을 멈춘 것인지 모르지만 이는 엄청난 행운이었다. 재편성을 할 시간을 주고 있으니 말이다.

"그런데 이 인원으로 공격하면 전멸 아닌가요?"

"예, 저도 그걸 생각해서 공격 명령이 떨어지면 다른 부대에 있는 헌터들과 연합할 생각입니다. 그 전까지는 저희가 위치를 사수하는 것이 임무라고 할 수 있겠네요. 헌관 위에서 공격 명령이 떨어지거나, 몬스터들이 근방까지 오지 않는 한 다른 부대도 마찬가지일 겁니다."

초급 헌터들이 다행이라는 표정으로 안도의 한숨을 내쉬었다. 다들 두려운 마음이 없잖아 있었기 때문이다.

D급 몬스터도 쩔쩔매고 있는데 갑자기 C급과 B급과 싸워야 할 판이니 두려운 것도 이해가 되었다.

'나도 그랬었으니까.'

어쨌든 다들 자신의 조에 불만은 없고, 각기 서로의 능력을 확인했다. 재현은 대충 능력을 파악한 후, 중대장에게 물었다.

"대대장님과 연락은요?"

"여전히 안 되고 있습니다. 제 병사 중 한 명의 말에 의하면 대대장님이 몬스터들에게 쫓기는 것까지 봤다고 하는데……."

그 말을 듣기 전까지는 살아 있을 수 있다는 생각을 했겠지만, 지금은 죽었을 확률이 매우 높았다.

운 좋게 어떻게든 달아나 숨어 있다고 해도 연락할 상황은 아닐 것이다. 그래도 재현은 그를 위로해 주었다.

"무사할 겁니다. 사정이 있어 연락이 안 닿는 것뿐이겠죠."

"예, 감사합니다."

그저 위로라는 것은 조태성 중대장도 잘 알고 있다.

"일단 포진지를 만드는 게 좋겠네요. 다행히 하늘이 나무에 가려지지 않았으니 이곳에 박격포를 설치해도 되겠어요. 때에 따라서는 고폭탄 말고도 조명탄도 발사해야 하니까 조명탄도 미리 준비해 주세요."

조태성 중대장이 멀뚱히 그를 바라보았다. 포진지, 고폭탄, 조명탄은 민간인들 입에서 쉽게 나올 수 없는 말이다.

무엇보다 나무에 가려져 있지 않아 설치해도 되겠다는 말은 박격포에 대해 잘 알지 못하면 할 수 있는 말이 아니었다.

　"잘 아시는군요?"

　"현역 때 박격포 다뤘었거든요."

　재현이 어깨를 으쓱였다. 이제는 이론을 다 잊어버렸지만 지금 당장 설치하라고 하면 할 자신이 있었다.

　"헌터는 군 면제되지 않습니까?"

　자신이 잘못 알고 있었나 생각하는 조태성 중대장. 그가 상급 헌터이기 때문에 더더욱 그러했다.

　헌터들 중 나이가 많아도 젊어 보이는 사람이 많다는 걸 들었기에 재현도 그중 한 명이 아닐까 생각한 것이다.

　무엇보다 상급 헌터들 대부분이 헌터 1세대이다. 그중 100명이 안 되는 인원은 헌터의 시대 사람이라고 들은 기억이 있었다.

　"그때는 헌터가 아니었으니까요. 그때라고 해 봤자 몇 년 안 된 얘기지만요."

　조태성 중대장이 고개를 갸웃거렸다. 그의 말에서 이상을 감지했기 때문이다.

　"혹시 나이가……."

　"스물여덟 살이요."

혹시 자신의 귀가 잘못됐는지 다시 되물었다.

"스물여덟이요?"

"네. 예비군도 3년 차가 될 무렵 헌터가 됐거든요. 현역 때 2년간 저거 만지고, 예비군 때도 만졌는데, 기억을 못 할까 봐요?"

그는 의아함에 머릿속으로 계산을 해 보았다.

'현역 2년, 예비군 3년이면 5년. 빨라도 스무 살에 입대했다고 쳐도…….'

남는 기간은 고작 3년. 헌터가 된 지 고작 3년 만에 상급 헌터가 됐다는 소리다.

'이런 말도 안 되는 일이!'

조태성 중대장은 놀라운 표정을 감추지 못했다.

고작 스물여덟 살에 상급 헌터. 아주 유례가 없는 건 아니지만 그 정도면 엄청난 천재라고 평가받는다.

얼마나 말도 안 되는 것이냐 하면, 군인으로 따지면 소위가 3년 만에 준장(원스타)이 되는 것과 같은 이치라고 보면 됐다.

헌터들은 수습 헌터를 제외하면 기간에 상관없이 능력으로, 심사로 등급이 좌우된다고 한다고 하지만, 말도 안 되는 건 마찬가지였다.

"그런데 그건 왜요?"

"아, 아뇨. 대단한 분을 앞에 둔 것 같아서요."

"뭐…… 다들 그러더라고요."

솔직히 자신도 믿기지 않을 만큼 고공 행진이긴 했다.

"중대장님! 중대장님!"

조태성 중대장과 대화를 하고 있는데 1소대장이 부랴부랴 그에게 달려왔다. 그의 표정이 좋지 않은 것을 보니 무슨 일이 생긴 것 같았다.

"무슨 일이야, 1소대장?"

"중대장님. 저, 저기에 뭔가! 그, 엄청나게 큰……!"

말을 제대로 하지 못하고 어버버거리는 1소대장. 그가 이런 모습을 보이는 것은 처음 보는 것이었다.

1소대장은 결국 말을 제대로 하지 못한 채 손가락으로 한쪽을 가리켰다. 조태성 중대장이 1소대장이 가리킨 곳을 바라보았다.

재현도 1소대장의 가리키는 방향으로 시선을 향했다. 그리고 눈이 휘둥그레졌다.

"저건 또 뭐야……."

모두가 숨을 죽이고 빛의 기둥을 바라보았다. 빛의 기둥은 점점 세를 불려 가기 시작했다. 얼마나 더 커질까. 꽤 먼 곳에서 시작된 빛이지만, 서울 밖에서도 보였다. 그리고 곧 빛이 약해지는가 싶더니. 거대한 무언가가 상공에서 그 위용을 과시했다.

"저, 저건⋯⋯!"

조태성 중대장의 동공이 크게 흔들렸다. 재현도 말도 안
된다는 표정으로 이를 바라보고 있었다.

'말도 안 돼⋯⋯. 저렇게 큰 몬스터라고?!'

거대하다는 말로는 부족할 정도의 크기의 몬스터다. 녀
석이 힘차게 날개를 펼치며⋯⋯.

"크라아아아!!"

크게 울부짖었다.

Chapter 07
용의 등장

초대형 몬스터의 출현으로 한국은 더욱 위기에 빠지고 말았다.

키는 약 150미터에, 날개의 크기만 300미터에 육박하는 거대한 존재이다. 상공을 부유하며 날아다니는 몬스터의 정체가 무엇인지 파악하는 데 그리 오래 걸리지 않았다.

용. 서양에서는 드래곤이라 불리는 존재였다.

동양의 용처럼 여의주를 물거나, 서양의 용처럼 도마뱀처럼 생기지는 않았지만 전체적인 모습은 서양의 용과 흡사하다.

또한 그 용의 존재는 생존의 시대 당시, 유럽과 아시아를 유린한 몬스터였다.

생존의 시대 막바지, 모든 유럽 국가와 아시아 국가의 헌터들이 총공세를 펼쳤음에도 불구하고 거의 괴멸에 가까운 피해를 입고서야 겨우 해치운 것이 바로 저 몬스터였다.

피해는 막심했지만, 결과적으로 용의 죽음과 함께 생존의 시대는 사실상 끝나게 되었다. 그런데 그때와 똑같은 용이 서울 상공에 출현했다.

갑작스러운 용의 등장에 정부도, 헌관위도 보통 난리가 아니었다. 3차 대규모 몬스터 출몰도 아니고 무려 용이다.

두 대륙을 유린했던 그 몬스터다. 한국에까지 오지는 않은 몬스터이긴 하지만, 결코 무시할 수 없는 것도 사실이었다.

용의 등장에 또다시 긴급회의가 열렸고, 헌터들은 대기 상태에 놓였다. 다행히도 몬스터들은 여전히 움직일 생각이 없었다.

만일 몬스터의 낌새가 수상하면 곧장 후퇴하라는 명령이 떨어졌다.

서울 인근에 가장 먼저 도착한 현주는 이 소식을 접하고 심각한 표정으로 라디오를 청취했다.

헌터 1세대였던 현주는 용을 직접 본 적이 있었다. 당시 그녀도 드래곤 슬레이어(Dragon Slayer) 작전에 투입된 헌터 중 한 명이기 때문이다.

훗날 측정된 용의 등급. 용은 절대 등급이라고 불리는 S+의 몬스터이기도 했다. 말 그대로 인류가 멸망할 뻔했으니까.

대재앙을 부르는 몬스터였다. 나라마다 이름은 다르지만 의미는 똑같았다. 다들 자신들의 언어로 용이라고 불렀다.

"처음 나타났을 때의 모습과는 많이 다르군요. 마치……이 용은 그 당시의 용이 다시 등장한 것 같아요."

현주는 서울 상공에 나타난 용의 모습을 킵보이를 통해 자세히 살펴봤다. 그런데 그녀가 기억하는 용과 모습이 달라져 있었다. 비늘의 일부가 파손되어 있고, 날개는 구멍이 숭숭 뚫려 있다.

그 당시 공격당한 그대로 상처가 아물어 있는 모습이다. 분명 수정체가 파괴됨과 동시에 사라졌을 텐데 말이다.

"혹시…… 사라진 게 아니라, 도망친 건가?"

만약 그렇다면 큰일일지도 모른다. 용이 한 번 휩쓸고 지나간 자리는 잿더미만 남았다. 서울에 출몰했으니 크게 다르지 않을 것이다.

'서울이 잿더미가 되겠어요.'

이미 파괴될 대로 파괴된 서울이다. 거기에 용이 한 번 더 난리를 치면 흔적도 없이 사라질 수도 있었다.

용을 소탕할 당시 보았던 그 엄청난 공격은 도저히 잊혀지지 않는다. 비늘 하나 벗긴다고 얼마나 많은 피해가 발생했던가.

절반 이상의 피해로 간신히 비늘을 벗기고, 나머지 절반은 살점을 뚫는 데 희생되었고, 그 나머지는 녀석의 수정체를 파괴되는 것에 희생되었다.

500명이 넘는 헌터가 투입되었는데도 그 정도 희생이 따랐다.

당시에는 등급 측정이 애매모호해서 지금처럼 헌터 등급을 매겨 보기는 힘들지만, 만만치 않은 헌터들이었다는 건 사실이다.

500명의 헌터들 중 살아남은 이는 고작 40여 명. 옛날과 같은 위용을 낸다고 하면…… 이번에도 그만한 피해를 각오해야 할 것이다.

*   *   *

한 명을 제외한 마스터 헌터들이 모두 서울 인근에 도착했다.

다행히 몬스터들이 별다른 움직임을 보이지 않는 덕분에 탄을 보급받고, 위치를 잡으며 병력이 재정비할 시간을 벌 수 있었다.

용은 서울 어딘가에 둥지를 튼 것인지 보이지 않았다.

마스터 헌터가 이 부대에 온다는 소식을 접하기 무섭게 부대의 사기가 진작되었다.

대한민국에서 다섯 명밖에 없는 마스터 헌터. 당연히 그만큼 뛰어난 사람들이라는 소리였다.

마스터 헌터를 태운 차량이 부대가 매복한 곳에 멈추며 내렸다. 사람들이 마스터 헌터를 보고 열광했다.

특히 군인들이 더 열광했는데, 그 이유는 아름다운 여성이었기 때문이다.

"어라?"

재현은 마스터 헌터를 보고 놀랐다. 마스터 헌터도 그와 같은 표정이었다.

"어머, 제자님이 여긴 어쩐 일이죠?"

"전 몬스터 출몰 때부터 여기 부대와 쭉 몬스터 소탕을 함께했어요."

"기가 막힌 우연이군요."

스승님, 제자님 이러고 있으니 그 관계가 무엇인지 쉽게 알 수 있었다.

'마스터 헌터의 제자였구나.'

그렇다면 3년 만에 상급 헌터가 되는 것도 무리가 아닐 거라는 생각을 했다. 사실 천생 군인인 조태성이 헌터계에 대해 빠삭히 알고 있을 리 없었다.

스승이 뛰어나도 제자의 능력이 받쳐 주지 못하면 소용 없다. 이건 다 재현의 능력이 뛰어난 덕분이다.

사실 정령력의 규모로만 보자면 현주의 정령력을 아득히 넘어선 상태다. 사용하는 양에 비해 위력이 제대로 뒷 받침되어 주지 않을 뿐이다. 게다가 아직 모르는 것이 많으니 가르침을 받고 있는 건 변함이 없었다.

조태성 중대장이 그녀에게 다가오며 손을 내밀었다.

"반갑습니다. 조태성 대위라고 합니다. 중대장을 맡고 있습니다."

"반가워요. 박현주라고 해요."

조태성 중대장과 현주가 악수를 나누었다. 마스터 헌터 의 권력이 막강하다는 것은 알고 있지만, 헌터와 군인은 엄연히 직업이 다른 탓에 경례를 하지는 않았다.

"연대장님께서 박현주 씨의 지휘를 받으며 싸우라고 했 습니다. 잘 부탁드립니다."

군인이 헌터의 지휘를 따르다니. 말도 안 되는 것은 알지만, 대대장과 부대대장의 전사가 확인된 시점이다. 따로 지휘할 사람이 있어야 하는데, 지휘할 사람도 부족했다. 그래서 내린 것이 마스터 헌터의 지휘를 받으라는 것이었다.

마스터 헌터인 이상 몬스터에 대해 잘 알고 있으니 오히려 그편이 나을지도 모른다는 생각을 했을 것이다.

헌터나 군인이나 상황에 따라 서로 작전권을 받아 명령할 수 있는 제도도 있다.

"예, 그렇게 하라고 하더군요. 하지만 전 군대에 대해서 잘 몰라요. 아무것도 모르는 저보다 중대장님이 훨씬 더 잘하시겠죠. 헌터들은 제가 하겠으나, 군인들의 지휘는 중대장님께 전부 일임하겠어요."

현주는 정말 군인에 대해 잘 모른다. 문외한이 지휘하는 것보다 중대장이 하는 것이 더 잘 알 것이라고 생각했다. 조태성 중대장은 그녀의 제안이 기뻤다.

헌터든 군인이든 서로 자신에게 맞지 않은 작전을 내려 분란이 일어나는 것은 심심찮게 일어나기 때문이다.

설악산 몬스터 출몰 당시, 어떤 부대에서 연대장이 헌터들을 소모성으로 사용한 덕분에 일이 커진 적이 있었다.

다행히 마스터 헌터가 나선 덕분에 무마되었지만 말이다.

현주는 그것을 우려해서 자신에게 작전권을 넘겨준 것이라 생각했다.

"감사합니다. 저희가 할 수 있는 선에서 작전을 연동해서 펼치겠습니다."

"예, 제가 내린 작전이 부당하면 짚어 주시고, 부족한 점이 있다면 언제든 말씀해 주세요."

"예, 알겠습니다."

얘기가 잘 통하자 현주가 만족스러운 미소를 지었다.

조태성 중대장도 작전권의 일부가 자신에게 있으니 마음이 놓인다는 표정이었다.

서로 인사를 나누고 간단한 얘기를 나눈 후, 재현이 현주에게 물었다.

"작전권을 넘기면 두 명이 작전을 펼칠 수 있다는 뜻인데…… 좀 염려스럽네요."

작전 체계가 이원화된 것이나 다름이 없었다. 원래 작전은 일원화되는 것이 좋은 것이다. 혹시 이로 인해 과정이 복잡해지지 않을까 걱정하는 것이다. 그러나 현주는 대수롭지 않다는 표정이었다.

"그때는 잘 조율하면 됩니다. 무엇보다 총지휘는 제가하는 것이라서 분란은 거의 일어나지 않을 겁니다. 저쪽은 저쪽 나름대로 열심히 할 테니 큰 걱정은 마세요."

"흠…… 그런가요?"

"예. 임무에 충실하기만 하면 되니까요. 그나저나 말이 통하는 사람은 좋군요. 가끔 완전히 단독으로 작전을 펼치는 사람도 심심찮게 봐서요."

조태성 중대장은 그만큼 상황을 잘 인지하고 있다는 뜻이었다.

결코 불가능한 소탕 작전인데 오직 군인의 힘만으로 할 수 있다 고집부리다가 몬스터에게 괴멸당한 사례도 심심찮게 있었다.

아마 현주는 그것을 생각했던 것이리라. 생존의 시대의 산증인인 만큼 잘 알 것이다.

"그런데 제자님이 상급 헌터니 임시로 지휘를 맡았을 텐데. 특별한 일은 없었나요?"

"제가 상급 헌터라서 잠시 지휘를 맡았을 때도 작전의 연계를 검토하자고 했어요. 결과적으로 몬스터들이 서울에만 박혀 있었기 때문에 함께 작전을 펼치지는 않았지만요."

뭘 한 것이 있어야 분란이 일어나든 말든 하지, 아예 아무런 작전도 펼치지 않았으니 분란이 일어날 틈이 없었다.

그것이 다행이라면 다행이었다. 뭐든지 처음이 중요한 법이다. 처음부터 분란이 일어나면, 잘될 것도 안 되는 법이다.

"특별한 일이 없었으면 다행이고요. 일단 어떻게 작전을 펼칠 것인지 마스터 헌터들이 모두 모이면 논의할 예정입니다. 서울을 탈환해야 하니까요."

재현은 고개를 끄덕이며 서울을 바라보았다. 서울은 아직도 몬스터들로 북적이고 있었다.

*　　*　　*

"군인도, 심지어 경찰이나 특경대도 없이 용 소탕 작전이라······."

현주가 상당히 꺼림칙한 표정으로 상부에서 내려온 지령을 킵보이를 통해 전달받았다. 그 내용은 황당하기 그지없는 것이었다.

상급 헌터들이 먼저 돌입하여 몬스터들을 소탕하라. 몬스터가 출몰할 때 군인과 특경대는 많은 도움을 준다.

용이 확실히 어마어마하게 강한 몬스터이기는 하지만, 군경의 도움 없이 용을 잡으라고 하니 황당하기 그지없었다.

군경은 헌터들보다 늦게 투입되어 몬스터들을 소탕하는 임무를 하기로 했다. 확실히 용에게 대적하기에는 무리가 크기는 하지만, 이건 아닌 것 같았다.

드래곤 슬레이어 작전에서도 군경은 있었다. 그들이 뒤에서 화력을 지원해 주고, 부상자가 생기면 즉시 옮겨 주었다.

그래도 엄청난 피해를 받았다는 것은 사실이지만, 그런 조그마한 일을 기대할 수 없다는 것이 마음에 걸렸다.

"아무래도 헌관위에서 급히 작전을 짠 것 같습니다."

"이런 중요한 시기에 헌터만 간다고요?"

"민간인과 군인, 경찰의 피해를 최소화하기 위한 조치라고 하는데…… 틀린 말은 아니지만 우리들끼리 알아서 해야 한다는 것 자체가 힘든 과제로군요."

대한민국의 모든 상급 헌터들을 전부 소집했다. 이 인원이면 과거에 용을 잡았을 때와 같은 숫자였다. 외국에서 온 상급 헌터들은 희망하는 자에 한하여 포함시켰을 뿐이었다. 그렇게 나온 숫자는 500명이 넘었다.

"내일 오전에 출발해서 약속 지점에서 모여 투입될 거예요. 상급 헌터인 제자님도 같이 가는 거고요."

"그럼 헌터들의 지휘는요?"

"중대장님이 임시로 하게 될 테니 걱정 마세요. 선발대로 상급 헌터들이 먼저 이동하고, 나중에 뒤이어 중급과 초급 헌터들도 투입될 거예요."

일단 용을 소탕하는 것은 상급 헌터이고, 나머지 헌터들은 상급 헌터들이 미처 잡지 못한 몬스터들을 소탕하는 임무이다.

동유럽과 아시아를 유린했던 그 몬스터라고 하니 괜히 긴장이 되는 재현이었다.

"아, 그리고 상부에서 제자님을 마스터 헌터로 올리려하고 있는 것 같은데. 혹시 들은 적 있으세요?"

재현은 금시초문이라는 표정으로 그녀를 바라보았다.

"저를요? 심사에서 떨어졌는데요?"

마지막에서 오우거가 나타났는데, 아무것도 하지 못하고 떨어졌다.

"듣자 하니 엄청나게 활약하셨다고 하던데요? 너무 빨리 끝내서 심사위원들이 몰래 진짜와 비슷한 위력으로 올린 몬스터도 있는데, 그것도 길어 봤자 5분 안으로 끝냈다고 하고요."

그러고 보니 훈련 프로그램을 하면서 몬스터들의 위력이 들쭉날쭉했던 것 같기도 했다. 아무렇지 않게 생각했는데 다 그 때문이었다는 것을 지금에서야 알게 되었다.

"오우거보다 강한 파괴자를 고작 한 번의 공격으로 잡았으니 이대로 탈락한 건 아쉽다고 생각했는지 모르죠. 어차피 그 트라우마도 조금 더 경험하다 보면 아무것도 아니게 될 거예요."

"헌터를 시작한 지 3년이 되는 해인데…… 부담스럽네요."

"아직은 말만 나왔을 뿐이에요. 안 될 가능성이 더 높아요."

그래도 그런 말이 나왔으면 가능성이 있다는 말이다. 재현은 그래도 김칫국을 마시지 말자고 생각했다.

마스터 헌터가 될지도 모른다는 말에 혹해, 나중에 안된다고 할 때 실망감을 느끼기는 싫었다.

＊　　　＊　　　＊

이튿날. 11시 30분이 조금 넘은 시간, 상급 헌터들이 집결 장소에 전부 모였다. 마스터 헌터들도 한 명을 제외하고 전부 모였다.

4명의 마스터 헌터들이 130명씩 인솔하기에 이르렀다. 재현은 현주와 같은 조에 속했다.

대한민국의 모든 상급 헌터들이 모였다.

확실히 다른 헌터들과는 다른 분위기를 연출했다. 다들 얼굴에는 여유가 비치면서도 긴장을 늦추지 않았다.

마음의 여유를 두면서 긴장은 항상 하고 있는 것이다.

특히 이번에는 용을 소탕하기 위해 투입되는 일이다.

이 어마어마한 규모를 투입하는 것만 해도 결코 쉽지 않은 일이라는 걸 알 수 있다.

그러나 다행스럽게도, 상부에서는 용이 과거와 달리 힘이 절반 이하로 약해진 것으로 파악하고 있었다.

무인 몬스터 측정기를 보내 간신히 알아낸 것이다. 그 말이 전달되어 그나마 여유를 부릴 수 있게 된 것이리라.

아마 과거 그대로였다면 여유를 비출 틈도 없었을 것이다.

서울 안근에 집결한 상급 헌터들은 식사 후, 오후 1시가 되기 10분 전에 서울로 향했다.

용은 한강 근처에 머물고 있다는 것이 확인되었다. 지금 당장 모습을 드러내고 있지 않고, 자리를 옮겼을 수 있지만 그 덩치로 숨을 수 있는 곳은 한정되어 있다. 그래도 언제든 나타날 수 있으니 조심해야 할 것이다.

일단 조마다 따로 행동하지만 유사시 서로 도울 수 있는 거리이기에 지원은 걱정하지 않아도 될 것이다.

그렇게 현주가 130명의 상급 헌터들과 함께 서울로 진입했다. 서울에 들어오기 무섭게 다들 언제든 전투를 할 수 있도록 준비를 갖췄다. 자신의 무기에서 한시도 손에서 떼어 놓지 않았다. 재현도 눈동자를 이리저리 굴리며 몬스터의 기습에 유의했다.

"조용한 게 수상쩍은데?"

서울에 진입한 지 그렇게 한 시간이 흘렀다. 서울을 장악했을 몬스터들이 보이지 않자, 현주가 의아해하며 일단 길을 멈췄다. 지친 이는 없지만, 그래도 컨디션을 위해서 최소한의 휴식을 취하기로 했다.

그녀는 하늘에서 먼 시야로 정찰하고 있는 실라이론에게 텔레파시를 보냈다.

'실라이론. 몬스터들은 어디 있나요?'

[아까까지는 정면에 있었는데…… 땅으로 꺼졌는지, 다른 차원으로 날아갔는지, 전혀 안 보여.]

'이상하군요.'

실라이론이 전혀 눈치채지 못할 정도로 신속히 움직이는 종류의 몬스터일까? 그런 몬스터만 서울에 전부 깔려 있는 것이 아니다.

일부가 없어졌다면 의심해 볼 일이지만 다양한 종류의 몬스터가 있으니 가능성은 희박하다 볼 수 있었다. 그럼 도대체 뭘까?

'실라이론. 몬스터들의 움직임을 확인해 주세요.'

[알겠어.]

"다크니아스. 제자님을 불러와 주실래요?"

현주의 다크니아스가 고개를 끄덕이며 인파 속으로 사라졌다. 그리고 곧 그녀의 다크니아스가 재현을 끌고 왔다.

"무슨 일이세요?"

"다른 게 아니라 서울로 깊숙이 들어왔는데도 몬스터들의 움직임이 없습니다."

"다른 곳도요?"

"네. 저희와 상황은 같다고 하더군요."

재현도 의아한 표정을 지었다. 지금까지 다른 조에서 몬스터들과 전투가 일어나 시선이 분산되어 지금까지 전투가 벌어지지 않았던 게 아닐까 생각했는데, 영 딴판이었기 때문이다.

"확실히 이상한 일이네요."

"제자님도 좀 거들어 주셔야 할 것 같습니다."

"맡겨 주세요. 이럴 때 적절한 정령이 있으니까요."

재현은 즉시 노에아넨을 소환했다.

"노에아넨. 몬스터들이 어디 있는지 알 수 있어?"

"해 볼게요."

노에아넨이 눈을 감고 집중하기 시작했다. 사방으로 감을 넓힌 노에아넨.

"노에아넨. 감지되는 거 있어?"

노에아넨은 곧 눈을 떴다.

"땅속에서 뭔가 움직임이 잡히는 것 같아요. 도로 안에 배수관이 있는 건지 분간이 쉽지 않지만요."

"그래? 메타리오스. 콘크리트하고 배수관 좀 어떻게 해 줘."

메타리오스가 졸린 눈으로 손을 까딱이자 아스팔트가 갈라지며 곧 배수관이 튀어나왔다. 꺼내는 방법이 부수는 것밖에 없던 것 같았다.

"제자님. 전투 상황이 아닌 이상 함부로 부수면 안 됩니다."

"뭐…… 어차피 몬스터들 때문에 물도 안 흐르는 것 같은데요."

재현은 배수관에 대해 잘 모르지만, 메타리오스라면 충분히 다시 원래대로 돌릴 수 있을 것이라 생각했다. 현주도 그것을 알고 있는지 주의만 주고 말았다.

어쨌든 배수관을 꺼내자 노에아넨은 좀 더 땅속을 잘 관찰할 수 있었다. 그리고 화들짝 놀라며 소리쳤다.

"지하에서 뭔가가 이쪽으로 오고 있어요!"

그리고 갑자기 지면의 땅이 크게 요동치기 시작했다. 콘크리트가 갈라지고, 금이 가기 시작했다. 앉아서 쉬고 있던 헌터들이 갑작스러운 지진에 자리에서 벌떡 일어났다.

그리고 콘크리트를 뚫고 거대한 생명체가 튀어나왔다.

지하를 뚫고 튀어나온 것은 땅굴 수송 벌레!

"전투 준비!"

현주의 외침과 함께 녀석의 입을 통해 몬스터들이 튀어나오기 시작했다.

* * *

땅굴 수송 벌레로 인해 뜻하지 않은 기습을 맞이하게 되었다.

순식간에 몬스터에게 포위된 상급 헌터들. 그들이 한곳으로 원진을 펼치며 모여들었고, 재빨리 땅굴 수송 벌레를 해치우기 시작했다.

땅굴 수송 벌레를 해치우면 그 안에 있던 몬스터들도 같이 일망타진시킬 수 있다.

몇 마리까지는 성공했지만, 다른 땅굴 수송 벌레는 모든 몬스터들이 튀어나오게 되었다.

부상당한 헌터들이 후방으로 이송되었다. 사망자도 나왔다. 큰 피해는 아니었지만, 갑작스러운 몬스터의 기습에 사기가 급감했다.

"아무래도 몬스터를 얕본 것 같아요."

각각 흩어졌던 마스터 헌터들이 서로 만나 긴급회의를 했다.

"몬스터 준동처럼 몬스터들도 체계적으로 움직이고 있는 모양이야. 상부에서는 이런 것도 안 알려 주고 말이지."

이정훈이 인상을 잔뜩 찡그렸다. 가장 피해가 많은 곳은 그의 조였다.

다른 조들은 많아 봤자 사망자가 한두 명 정도였지만, 그의 조에서는 130명 중 10명이 죽고, 30명이 부상을 입어 이송되었다.

그가 정신을 차리고 즉시 땅굴 수송 벌레부터 해치워서 다행이지, 만일 가만히 있었다면 더 큰 피해를 입었을 것이다.

"상부에게 항의할 만한 일은 아니야. 우리도 몬스터를 얕보고 있었으니까."

설마 땅굴 수송 벌레까지 있을 줄은 꿈에도 몰랐다. 애초에 땅굴 수송 벌레가 있는지 없는지 미리 간파하기는 정말 어려운 일이다.

지하에 살고 있어 지상에서 식별하기도 어렵고, 레이더에도 잘 잡히지 않는다.

"땅굴 수송 벌레. 이게 가장 문제로군."

이번에 지하에서 튀어나온 땅굴 수송 벌레의 숫자는 무

려 열다섯 마리나 되었다.

그중 일곱 마리는 몬스터가 쏟아져 나오기 전에 죽여 몬스터가 나타나지 않았지만, 나머지 여덟 마리에서 수많은 몬스터들이 쏟아진 덕분에 피해를 입었다.

"각개격파를 당하지 않으려면 뭉쳐 다녀야겠군요."

현주의 말에 다들 동의하듯 고개를 주억였다. 그러나 이것도 꼭 좋은 행동이라고 볼 수 없었다.

"지하가 아니더라도 건물 위에서 고블린들이 화살이라도 쏘는 날에는 피해가 막심해질 수도 있어."

몬스터들이 아직 다 소탕되지 않은 상태에서 2차 몬스터 대출몰이 일어나 서울에 고블린이 많이 남아 있었다.

고블린들은 다른 몬스터들보다 영악하기에 가장 조심해야 할 몬스터다.

화살은 어찌 막아 낸다고 해도 빌딩 위에서 콘크리트 파편이나 돌멩이를 던진다면 피해를 입을 수밖에 없었다.

"예지 능력자가 있으면 좋았을 텐데……."

예지 능력자가 있으면 그나마 피해를 덜 받을 수 있었다. 짧게는 몇 분, 길게는 며칠까지 앞을 내다볼 수 있는 것이 예지 능력자다. 아쉽게도 예지 능력자가 그렇게 흔한 것이 아니고, 각자 볼 수 있는 방법이 까다롭다는 게 문제다.

누군가는 꿈으로 볼 수 있고, 누군가는 흐릿하게만 볼 수 있어 자세히 알려 줄 수 없었다. 게다가 그 시기도 자신이 원하는 대로 컨트롤하지 못한다는 것도 단점이었다.

한국에는 몇 명 없는 것으로 알고 있었다.

"일단 이러지도, 저러지도 못하는 상황이니 정찰에 능한 사람을 보내는 게 가장 현실적인 방법이겠군."

정송우의 말에 다들 공감하듯 고개를 주억였다. 몬스터들이 아무리 영악하다고 해도 정찰이라는 개념을 알지 못했다.

정찰자를 보면 무조건 공격하게 되어 있었다. 때문에 정찰에 능한 사람을 먼저 보내 사전에 위험을 차단하기로 했다.

"각 조에서 한두 명씩 정찰하기 괜찮은 능력자들을 선별하기로 하죠."

잠시 휴식과 함께 정찰자를 선별하기로 했다.

*　　　*　　　*

정찰자는 총 다섯 명으로 선별되었다.

늑대로 변신할 수 있는 변신계 능력자. 자신의 분신을 만들면서 기억을 공유할 수 있는 분신술사. 공간을 자유자

재로 이동할 수 있는 텔레포터. 사람 혹은 몬스터를 조종할 수 있는 마인드 컨트롤러. 마지막으로 정령사인 재현이었다.

정찰하는 임무를 맡게 된 헌터들은 정찰에도 능한 능력을 가지고 있지만, 도주에도 용이한 능력이었기 때문이다.

현주가 회의를 마치고 그에게 오더니 노에아넨이 정찰에 가장 적합한 정령이기 때문에 정찰조로 가 달라고 부탁했다.

노에아넨은 지하도 알 수 있고, 지상의 움직임도 알 수 있었기 때문이다. 직접 보는 것보다 땅의 진동으로 아는 것이다.

그러나 주위가 복잡하거나, 소란스럽거나, 장애물이 있으면 알아내기 힘들다는 단점이 있었다.

그래서 현주는 노에아넨이 더 집중할 수 있게 재현에게 실라이론을 붙여 주었다. 이로써 지하와 지상을 걱정하지 않아도 되었다.

다섯 명의 정찰조는 모여서 다니기보다 따로 흩어져서 정찰하기로 했다. 더 넓게 정찰해서 안전한 곳과 위험한 곳을 확인하기 위함이었다.

"노에아넨 부탁할게."

"네, 열심히 할게요!"

"실라이론도."

"지상은 걱정하지 마."

재현은 실라이론과 노에아녠의 머리를 쓰다듬어주었다.

노에아녠은 익숙한 듯 그의 손길을 즐겼지만, 실라이론은 약간 어정쩡한 자세로 그를 멀뚱히 바라보았다.

"왜 그래?"

"머리는 왜 쓰다듬어?"

"아, 기분 나빴어? 그렇다면 미안해."

그냥 자신의 정령에게 대한 것처럼 한 것뿐인데, 실라이론은 싫어할 수 있다는 생각이 들었다.

확실히 자신의 정령도 아닌데 늘 해 왔던 것처럼 하기에는 무리가 있었다. 다행히 실라이론은 고개를 저었다.

"기분 나쁜 건 아니야. 이런 건 처음 느껴 봐서."

"스승님은 머리를 안 쓰다듬어 줘?"

"음…… 먼지가 묻은 것을 제외하고는 없어."

머리를 단 한 번도 쓰다듬어 준 적이 없다니. 솔직히 말해 조금 의아하기도 했지만, 사람마다 애정 표현 방식이 다르니까 그런 것이겠거니 하고 생각했다.

"그럼 이제 위를 살펴볼게. 특이 사항이 있으면 바로 신호를 보낼게."

"알았어. 수고해!"

실라이론이 하늘로 빠르게 비상했다. 역시 바람의 정령답게 허공에서도 빠르게 움직이는구나 싶었다.

그의 정령들도 허공을 날 수 있긴 하지만, 높이 날지는 못했다. 실라이론은 하늘에서 넓은 시야로 몬스터들을 살펴봐 주었다.

잠깐 다른 생각을 했다가 그가 뭔가 떠올랐다는 듯 다크니아스를 바라보았다.

"다크니아스는 그림자를 잘 살펴봐 줄래? 몬스터들은 최대한 어두운 곳을 선호해서 몸을 숨길 때도 그늘진 곳에 잘 숨으니 말야."

게다가 몬스터들은 대부분 피부색도 어두워서 눈에도 잘 안 띈다.

"안 그래도 그러고 있어. 근방에는 없는 것 같지만."

이미 그와 함께한 게 몇 달인데. 말해 주지 않아도 이미 몬스터에 대해 파악이 끝난 상황이었다.

믿음직스럽다는 듯 재현은 다크니아스의 머리도 쓰다듬어 주었다.

"우리는 뭘 하면 되는 거야?"

해야 할 것을 알면서 굳이 묻는 썬더라스. 샐레아나도 썬더라스 옆에서 그를 바라보고 있었다. 그는 둘의 머리를 쓰다듬어 주었다.

"썬더라스와 샐레아나는 내 곁에서 나와 함께 싸우면
돼."

재현은 메타리오스도 서운하지 않도록 해 주었다.

"그리고 메타리오스는 방어에 대비해 줘. 잘할 수 있
지?"

"재현이보다…… 내가 더 잘할 자신 있어……."

"그래, 그래. 메타리오스도 믿음직스러워."

그렇게 전부의 머리를 쓰다듬어 준 후, 정찰을 시작했
다. 돌아다녀 보지 않은 곳이라 지도까지 펼쳐야 했다. 정
찰하는 자들은 서로 연락할 수 있도록 무전기를 하나씩 받
아서 이동 중이었다.

무전 내용은 마스터 헌터들에게도 전달되기 때문에 자
주 무전하기로 했다. 일단 자신의 무전이 잘 들리는지 확
인부터 하기로 했다.

"여기는 정령사. 모든 조에게 전한다고 알리고. 감명도
(목소리가 잘 들리는지의 여부) 여하 바람. 하나, 둘, 삼, 넷,
오, 여섯, 칠, 팔, 아홉, 공. 이상."

곧 무전이 들려왔다.

[감명도 잘 들리는 삼삼이라고 알림 이상.]

[잘 들립니다.]

[예? 감명도가 뭐예요? 그리고 숫자를 왜 그렇게 세

요?]

군용 무전기를 잡으니, 군에서 했던 그대로 무전을 해 보는 재현. 군에서는 즉각 알아듣고 답이 왔고, 정찰조의 어떤 헌터는 눈치껏 알아듣거나 못 알아듣고 되물었다.

각자 반응은 달랐지만 그래도 잘 들리는 모양이라고 생각한 재현이었다.

다른 곳에서도 잘 들리는 걸 보면 소통하는 데 어려움이 없을 것이다. 그렇게 정찰이 시작되었다.

정찰조는 후발대와 최소 500미터, 최대 1킬로미터 정도의 간격을 두고 있었다.

정찰을 하다가 몬스터에게 벗어나지 못하는 상황에 대비한 것이다.

텔레포터는 공간을 자유자재로 이동하기 때문에 쉽게 벗어날 수 있겠지만, 재현이나 다른 헌터들은 포위망을 뚫어야 했다.

그렇게 한참을 이동한 재현. 파괴된 서울의 텅 빈 거리를 걷자, 그는 핏자국과 함께 놓여 있는 지갑을 발견할 수 있었다.

지갑을 열어 보니 발급받은 지 얼마 안 된 주민등록증이 있었다. 이 학생은 무사한 걸까, 아니면 몬스터에게 희생된 걸까. 유류품을 발견했으니 나중에 따로 건네기로 하고, 주위의 경계를 늦추지 않았다.

조금 이동을 하니 다크니아스가 거의 동시에 정지 신호를 보냈다.

"몬스터를 발견했어. 하늘에서 안 보이는 위치에 숨어 있었네. 전방 50미터 앞, 무너진 빌딩 잔해에 숨어 있어."

"숫자는?"

"다섯이야. 덩치는 꼬마 아이와 비슷해."

종류는 판별하지 못하지만 대충 어떤 종류의 몬스터인지 파악할 수 있었다.

"고블린이겠네."

"어떻게 할 거야?"

"당연한걸. 다크니아스, 해치워 버려."

다크니아스가 고개를 끄덕이더니 손을 휘저었다. 그러자 비명이 들려왔다. 덩치가 어느 정도인지 들었을 때 종류를 추측했을 뿐인데, 소리를 들었을 때는 확실히 고블린이라는 걸 알 수 있었다.

다크니아스가 어떻게 죽였는지 모르지만, 아마 그리 좋은 장면은 아니었을 것이다.

"수정체는 어떻게 할 거야?"

"무게를 조금이라도 늘려 봤자 좋을 건 없어 보여. 무엇보다 주머니에 보관해야 하는데 불편할 거야."

평소였다면 가리지 않고 전부 챙겼을 것이다. 그러나 전투가 벌어졌을 때 조금이라도 신경 쓰이는 일이 생기면 제대로 싸우지 못하는 상황이 발생하기도 한다. 그래서 수정체는 깔끔하게 포기하기로 했다.

실라이론이 급히 내려왔다.

"스무 마리의 오크가 이쪽으로 오고 있어. 고블린의 비명에 눈치를 채고 빌딩 안에서 나왔어."

"많이도 몰려오네."

"어떻게 할 거야?"

실라이론의 물음에 재현이 어깨를 으쓱였다.

"싸워야지."

스무 마리면 확실히 많이 몰려오는 것이지만, 별로 어려울 것 없다는 생각이 들었다. 오크들이 서서히 모습을 보여 왔다.

고블린들과 달리, 녀석들은 당당히 앞에서 다가오고 있었다. 폴암, 배틀 엑스, 철퇴 등 무거워 보이는 무기를 들고 나타난 오크들.

인간의 경우 두 손으로 간신히 드는 것을 오크는 한 손으로 휘두를 정도로 힘이 센 녀석들이다. 그가 무전을 했다.

"오크를 만났다고 알리고. 교전에 들어가겠다, 이상."

그가 무전기를 가죽 팩에 담았다. 오크와 거리는 고작 20미터. 재현이 오크들에게 손가락을 까딱였다.

"덤벼."

그 신호를 알아들었는지, 오크들이 우르르 달려들기 시작했다. 재현이 녀석들을 가리키며 소리쳤다.

"썬더라스, 라이트닝 스파이럴."

푸른 빛줄기가 일자로 쏘아졌다. 그리고 녀석들의 중간에서 터지며 나선형이 만들어졌다. 푸른 빛줄기가 거세게 회전하며 사방으로 번졌다.

다섯 마리의 오크가 비명과 함께 몸에서 연기가 피어올랐다. 그러나 나머지는 큰 피해 없이 그에게 달려들었다.

"샐레아나. 블레이즈 스네이크."

화염이 오크들의 주위를 맴돌았다. 뱀처럼 똬리를 틀더니 순식간에 불태워 버렸다.

'열한 마리!'

남은 것은 이제 아홉 마리! 그러나 오크들의 속도는 감히 무시하지 못한다.

"나이아스! 웨이브!"

파도가 녀석들에게 몰아쳤다. 오크들이 버티려고 했지만, 쉽게 움직이지 못했다. 버티는 것이 전부였다. 그 틈에 재현이 두 손에 번개를 담으며 높이 도약했다.

"라이트닝 스톰!"

파아아아앗!

녀석들의 한가운데에서 번개가 몰아쳤다. 오크들이 비명을 지를 틈도 없었다. 단 한 번의 공격으로 녀석들의 신형이 쓰러졌다.

동시에 상황이 모두 끝나고, 재현이 착지했다. 그러고는 잠깐 주위를 둘러보고는 아무 일도 없었다는 옷을 털었다.

"아, 무전기는 괜찮으려나?"

재현은 옷을 털다 말고, 무전기 상태를 확인했다. 무전기는 최신형 가죽 팩에 담은 덕분에 무사할 수 있었다. 그는 소탕을 완료했다고 지금 상황을 보고 했다. 이를 처음부터 바라보고 있던 실라이론이 혼잣말을 중얼거렸다.

"내 도움은 전혀 필요가 없구나……."

실라이론이 놀라운 표정으로 그를 바라보고 있었다.

전투가 시작된 지 고작 15초. 순식간에 스무 마리나 되는 오크들이 차가운 아스팔트 도로 위로 쓰러졌다.

'실력 면에서는 이미 현주를 뛰어넘은 건가?'

그러고 보니 현주가 실라이론과 단둘이 있을 때 이런 말을 했었다.

재현은 정령력 탱크가 큰 만큼 위력을 많이 발산할 수 있다고. 다만 아직 제대로 다루지 못해 생각보다 힘이 나지 않는다는 것이다.

'지금도 아직 완벽히 다루지 못한다고 한다면……'

이미 현주를 뛰어넘었다는 소리나 다름이 없었다. 자신의 힘을 제대로 다룰 수 있는 날이 오면 어떻게 될까?

아마 이 세상에서 그에게 대적할 수 있는 헌터는 아무도 없을 것이다. 그만큼 재현은 무서운 속도로 발전하고 있었다.

과연 물의 정령왕이 후계자로 점찍을 만했다.

그런 생각을 할 때였다. 바람이 뭔가 심상치 않다는 것을 실라이론이 눈치채며 소리쳤다.

"조심해!"

노에아넨의 외침과 함께, 그의 앞에 거대한 강철의 벽이 몇 겹으로 생겨났다. 동시에 나이아스가 파도를 이용해서 그를 뒤로 이동시켰다.

순식간에 옷이 홀딱 젖은 재현. 하지만 옷이 젖었다고 신경 쓸 겨를이 없었다.

그의 앞에 생겨난 강철의 벽이 모종의 이유로 순식간에 파괴되었기 때문이다. 조금만 늦었어도 재현도 휩쓸렸을 것이다.

"도대체 무슨……"

이유는 자신의 눈앞에 모습을 드러낸 존재 때문이었다.

언제부터 있었는지 눈치챌 겨를도 없었다. 하늘 위에서 그를 내려다보는 존재. 재현이 압도적인 기운에 입을 다물지 못했다.

"요, 용!!"

소탕해야 할 녀석이 바로 눈앞에 나타나자 재현의 눈동자가 커졌다.

"크라아아아!"

그의 눈동자에 전부 담을 수 없을 정도로 거대한 존재가 그 위용을 과시하듯 하늘을 향해 괴성을 토해 냈다.

Chapter 08
바람이 지다

재현은 무전을 할 생각조차 하지 못했다. 거대한 존재 앞에서 그는 벼룩만큼이나 작은 존재에 불과했다.

'저, 저런 놈을 어떻게 이기라고……?'

500명이 아니라 1,000명이 넘게 와도 이길 수 있을까 란 의문이 들 정도로 강한 기운을 내뿜고 있었다.

녀석과 그저 눈이 마주쳤을 뿐이다. 그러나 그는 꼼짝하지 못했다.

오금이 저려 왔다. 다리가 쉴 새 없이 떨렸다. 몸과 머리가 따로 분리된 것처럼 자신의 의지에 답하지 않는다.

오우거와는 비교가 안 될 정도다. 오우거조차 녀석 앞에서는 한낱 벌레밖에 안 될 것이다.

다른 곳에서 조명탄이 터졌다. 다른 정찰조의 헌터들이 용을 발견하고 조명탄을 쏜 것이다.

굳이 조명탄을 쏘지 않아도 거대한 덕분에 다 보이겠지만 말이다. 후방에서 헌터들이 우르르 몰려오는 것이 들려왔다.

그때, 녀석의 긴 꼬리가 크게 움직인다. 녀석의 움직임을 알아챈 실라이론이 재빨리 바람을 이용해 그를 뒤로 날렸다.

제대로 준비하지 않고 멍하니 있어 그가 꼴사납게 넘어지고 말았다. 그러나 덕분에 정신을 차릴 수 있었다.

"고마워, 실라이론."

재현이 실라이론에게 인사하고 자리에서 일어났다. 이대로 가만히 있을 수는 없었다.

'도망쳐야 해.'

재현은 일단 빠지기로 했다. 전 세계의 어떤 헌터라도 녀석에게 대항할 수 있는 자는 없었다. 이곳에서 빠지는 것이 정답이다.

그러나 상황이 그렇게 쉽지 않았다. 다리가 말을 듣지 않았다. 등을 보이면 죽을 것이라는 생각이 그의 머릿속을 장악했다.

쿵!

하늘을 날고 있던 용이 육교 위로 내려앉았다. 용의 무게에 육교가 순식간에 무너지고, 녀석의 발이 지면에 안착했다.

녀석은 주위가 거슬리는 듯 꼬리를 크게 휘둘렀다.

높게 세워진 건물이 녀석의 꼬리에 무너져 내렸다. 콘크리트와 철골의 파편이 그에게 날아왔다.

메타리오스가 재빨리 전방을 막아 파편들로부터 그의 몸을 보호해 주었다. 강철의 벽에 파편이 맞으면서 쉴 새없이 금속성이 울려 퍼진다.

"제자님!"

재현은 익숙한 소리에 얼굴에 화색이 짙어졌다. 현주였다. 정령 일체화를 하면서 그녀가 가장 먼저 이곳으로 날아온 것이다.

"무전이 없어서 잘못된 줄 알고 걱정했습니다."

재현은 무전기를 들고 있던 손을 바라보았다. 아무래도 나이아스가 파도로 그를 구할 때 놓친 것 같았다. 가죽 팩도 텅 비어 있었다.

"분실했어요."

"그런 것 같군요."

그녀의 시선은 이미 진즉에 가죽 팩으로 향해 있었다.

들고 있는 것도 아니고, 가죽 팩에도 없으니 분실했을 것이라고 생각한 것이다.

"도망치지 않은 건 현명했습니다. 녀석은 도망치는 사람을 가장 먼저 노리거든요."

그녀는 빌딩을 무너뜨리고 있는 녀석을 바라보았다. 인간이 눈앞에 있는데, 녀석은 빌딩만 파괴하는 것에 열중하고 있었다.

"우리를 눈앞에 두고 빌딩을 부수는 것에 열중하는 것을 보니. 아무래도 예전과 달리 이지를 상실한 것 같군요."

간간이 빌딩 밖으로 몬스터들이 떨어지는 것도 보였다.

몬스터가 몬스터를 사냥하는 것은 흔히 있는 일이다. 다만 이번 몬스터 출몰은 몬스터 준동처럼 연합을 하고 있어 인간만을 포식 대상으로 삼았다.

그러나 녀석은 같은 몬스터가 있는 것도 개의치 않고 빌딩을 무너뜨리고 있었다. 또한 인간을 눈앞에 두고도 먼저 공격하지 않았다.

'그때 입은 상처가 그대로 아문 건가?'

현주는 용의 왼쪽 가슴을 뚫어져라 바라보고 있었다. 녀석의 왼쪽 가슴은 녀석의 수정체가 있는 곳이었다.

수정체가 파괴되며 녀석이 다른 공간으로 사라졌었다. 그때 죽었다고 판단했는데, 아무래도 죽지 않은 것 같았다.

처음 소식을 들었을 때는 단순한 추측이었지만, 눈앞에서 보니 확실히 알 수 있었다. 녀석은 과거에 동유럽과 아시아를 유린했던 그 용이 맞았다.

'수정체가 파괴되었는데도 죽지 않았다라……'

수정체는 기계처럼 예민한 것이다. 몬스터들이 살아갈 수 있는 것도 수정체 덕분이다.

살아 있는 몬스터의 수정체에 균열이 일어나면 얼마 버티지 못하고 생명이 정지하는 게 정상이다. 그러나 녀석은 지금껏 죽지 않았다.

'수정체의 일부가 남아서 생명 활동이 계속되는 건가?'

가능성이 아주 없는 건 아니었다. 수정체의 일부가 잘렸는데도 불구하고 살아서 돌아다니는 몬스터도 드물게 있었다.

녀석도 그 종류라고 생각하면 편했다. 다만 모종의 이유로 이지를 상실해서 파괴욕밖에 없는 것 같았다.

'과거와 달리 공격 패턴도 달라졌군.'

과거, 용은 공격 패턴이 어느 정도 일정했다.

동유럽과 아시아를 유린하면서 전문가들이 녀석의 패턴이 똑같다는 것을 알아내고, 수많은 연구 끝에 녀석의 패턴을 분석했다.

학계에서는 전문가들이 알아낸 패턴 덕분에 잡을 수 있

었다고 할 정도다. 그래도 피해는 만만치 않았지만.

'그러나 힘은 확실히 약해졌어.'

공격 방식이 달라진 대신 힘이 확실히 약해졌다.

좋은 건지 나쁜 건지 모를 일이다. 그러나 잘만 하면 과거보다 적은 피해로 녀석을 소탕할 수 있으리라 생각했다.

때마침 마스터 헌터들과 상급 헌터들이 집결했다. 다들 거대한 용의 존재를 보고 할 말을 잃은 듯 멍하니 바라보고 있었다.

이와 중 침착한 것은 드래곤 슬레이어 작전 때 활약했던 마스터 헌터들뿐이었다.

상급 헌터들 중 헌터 1세대가 대부분이라고는 하지만, 드래곤 슬레이어 작전 때 투입된 적이 없는 이들이었다.

무엇보다 각국에서 모인 헌터는 500여 명. 그중 40여 명만 살아 돌아왔다.

당시 생존자들은 각국으로 귀국하며 몇몇을 제외하고 마스터 헌터들이 되었다.

김새영을 제외하고 정송우, 이정훈, 박현주, 진유혁. 대한민국 4인의 헌터는 드래곤 슬레이어 작전 참가자였다.

"저게 정훈이가 늘 말하던 그 용이야? 허풍이 아니었구나."

진유혁은 세종시에서 비행 몬스터를 소탕하고 있어 오

지 못했다. 대신 김새영이 참가했다.

"내가 과장되게 말한 줄 알았냐?"

이정훈은 인상을 찌푸리며 그녀를 바라보았다. 그녀가 어깨를 으쓱였다.

"정말 저렇게 클 줄은 몰랐지. 오히려 들은 얘기보다 실제로 더 큰 것 같아서 문제지만."

아마 실제로 보지 않은 이들은 직접 보기 전까지 잘 믿지 않을 것이다. 가만히 그들의 대화를 듣던 정송우가 그들의 말을 끊었다.

"지금 수다나 떨 때가 아니야. 녀석이 모습을 드러냈으니, 잡아야 해."

정송우의 말에 다들 공감하듯 고개를 끄덕였다. 잡담은 이제 끝이다.

"박현주 씨. 어떻게 하는 게 좋을 것 같습니까?"

"힘이 약해진 것은 사실이지만, 공격 패턴이 과거와는 달리 정해져 있지 않아요. 아마 고전은 피치 못할 겁니다."

결국 그때 상황에 맞게 대처해야 한다는 소리였다. 정송우가 침음하며 검을 뽑아 들었다.

"그때처럼 비늘을 하나씩 벗겨야 하나."

녀석의 아문 상처는 비늘이 듬성듬성 나와 있었다.

직접 용과 싸워 본 정송우는 저렇게 듬성듬성 있는 비늘이라도 떼어 내기 얼마나 힘든지 잘 알고 있었다.

그 당시에는 마스터 헌터라는 개념이 지금처럼 제대로 자리 잡히지 않을 때이다. 상급 헌터로 분류된 자도 어느 정도 힘이 있으면 마스터 헌터로 쳐 주던 시대.

지금은 시간이 흐르고 체계화되면서 기준이 상향되었지만 말이다.

'그때와 지금은 다르다는 거지.'

그가 검을 꽉 움켜쥐었다.

무엇보다 상급 헌터들이 500명이나 있다.

마스터 헌터들만으로는 부족하지만, 그 당시보다 체계화된 헌터들이 있으니 예전보다 수월하게 물리칠 수 있으리라 생각했다.

그렇다 해도 피해는 있을 수밖에 없을 것이다. 얼마나 많은 사람들이 죽거나 다치게 될지 모른다.

그러나 녀석을 무찔러야 했다. 녀석이 서울에 존재하는 한, 재앙은 끝나지 않을 테니까.

딱 타이밍에 맞게, 녀석이 주위의 건물을 모조리 부수고서, 한곳에 집결한 헌터들을 바라보았다.

녀석은 더 이상 건물에 시선을 주지 않았다. 눈앞에 있는 인간들을 날카로운 시선으로 내려다본다.

녀석이 날개를 양옆으로 펼치는 순간, 말하지 않아도 헌터들이 전투 준비를 갖췄다.

* * *

쾅! 쾅! 콰아앙!

요란한 폭발음이 서울 전체에 울려 퍼졌다. 파괴된 빌딩의 잔해로 인해 주위가 어지러웠다.

헌터들이 용을 향해 집중적으로 공격을 가했다. 하지만 녀석은 단 한 번의 날갯짓으로 모든 공격의 방향을 엇나가게 만들었다.

그렇다고 해도 녀석도 피해가 없는 것은 아니었다. 엇나간 공격은 녀석의 거대한 몸에 심심찮게 맞기도 했으니까.

녀석의 몸에서 피가 흐르고, 비늘도 곳곳이 떨어졌다. 그러나 전투가 길어지면 길어질수록 불리해지는 것은 헌터 측이었다. 반면 녀석은 지칠 줄 몰랐다.

"후우! 후우!"

마스터 헌터들도 거친 숨을 몰아쉬며 녀석을 노려보고 있었다.

정송우가 뒤를 돌아보았다. 차가운 잔해 위로 헌터들이 뜨거운 피를 흘린 채 누워 있었다.

누군가의 신체였을 부위도 절단된 채 뒹굴고 있는 것이

보였다. 이미 반파되었다. 그러나 녀석은 여전히 건재했다.

녀석에게 착실히 공격을 가했지만, 치명적인 일격을 주지 못했다.

그래도 끈질기게 공격한 덕분에 녀석의 왼쪽 가슴의 비늘이 모두 떨어져 나가고, 가죽이 찢어졌다.

저 가죽을 완전히 찢어 버리고, 수정체를 완전히 파괴시킬 수 있다면 승리할 수 있을 것이다.

"끈질기네. 뭐가 저렇게 질겨?"

김새영이 이를 악물며 당당히 녀석을 노려보았다.

그녀는 이렇게까지 힘든 싸움을 해 본 적이 드물었다. 파괴자가 서울에 나타났을 때도 이렇게 힘들지는 않았다.

"그냥 군인에게 포격 요청하면 안 돼?"

그녀의 발언에 정송우가 고개를 저었다.

"무차별 폭격을 하게 되면 우리가 위험해져. 그 전에 서울이 완전히 불바다가 될 거야."

"아오! 나라의 존망이 걸린 문제인데 그런 게 어디 있어! 어차피 수도도 옮긴 판에 핵미사일을 떨어뜨릴 각오도 없는 거야?!"

"임시 수도일 뿐이야."

"사실상 수도잖아."

몬스터들이 점령하다 보니 현재 대한민국의 수도는 부산이다.

대통령은 2차 몬스터 대출몰 때 빠져나와 안전한 부산으로 이동해서 임시로 수도를 부산으로 정했다.

임시 수도라고 하고 있지만, 지금 무너진 서울의 상황을 보면 아마 복구하기까지 수도의 기능을 제대로 하지 못할 것이다.

그 때문에 정송우는 제대로 답하지 못했다.

만약 투입된 헌터들이 용을 소탕하지 못하고, 몬스터들이 남하한다면 한국전쟁 때 인민군을 막아 낸 것처럼 낙동강에서 혈전을 벌일 준비를 하고 있다고 들었다.

'어렵군, 어려워.'

결국 답을 해 주지 못하고 침묵하는 정송우. 그러나 수다나 떨 시간은 없었다. 녀석이 다시 움직였기 때문이다.

"크라아아아아!!"

우레와 같은 괴성이 서울 가득 울려 퍼졌다. 그 괴성에 모든 이들이 귀를 막았다. 멀리 떨어져 있던 빌딩도 여파가 있었다. 간신히 붙어 있던 유리창이 산산이 부서졌다.

"끄어억―!"

"이, 이봐. 정신 차려!"

헌터 일부가 녀석의 괴성에 거품을 물고 기절했다. 기절하지 않았다고 해도 멀쩡한 사람은 없었다.

"갈!"

정송우는 공력을 끌어 올려 경직된 몸을 풀었다. 마스터 헌터들은 각자 자신의 능력으로 경직된 몸을 풀었다.

현주는 정령 일체화로 풀었다. 그러나 재현은 여전히 경직된 채로 숨쉬기 버거워했다.

"제자님. 정령 일체화를 하세요."

재현은 현주의 말에 따라 정령 일체화를 했다. 그의 머리와 눈동자가 파란색으로 물들었다.

정령 일체화를 하자, 언제 그랬냐는 듯 경직된 몸이 풀렸다. 이제 좀 살 것 같았다.

"용의 함성이군."

재현은 오우거 피어랑 비슷한 거라고 생각했다. 실제로 영어권에서는 드래곤 피어(Dragon fear)라고 부르기도 했다.

"하필 이럴 때 용의 함성이라니."

헌터들이 반파된 상황에서 용의 함성을 맞이하게 되니 전투할 수 있는 헌터의 숫자가 줄어들었다.

부상자들을 옮길 상황은 아니었다.

그렇다고 뒤에서 응급 차량이 올 것 같지도 않았다. 용이 버젓이 활개치고 있는데, 목숨을 걸고 올 사람이 어디 있을까.

"또 공격해 온다!"

용이 또다시 날개를 양옆으로 활짝 폈다. 공격하려는 조짐이었다.

재현은 녀석의 날개 주위로 바람이 심상치 않게 일어나자 본능적으로 소리쳤다.

"메타리오스, 나이아스, 노에아넨!"

기술명은 말하지 않았지만, 재현은 급한 대로 방어 기술이 있는 정령들의 이름을 외쳤다. 메타리오스, 나이아스, 노에아넨이 넓은 범위로 모든 방어 기술을 사용했다.

메타리오스는 강철의 벽을, 나이아스는 물의 벽을, 노에아넨은 흙의 벽을 만들었다.

몇몇 헌터들도 이를 거들어 방어막을 형성했다. 녀석의 날개가 교차하고, 거대한 바람이 칼날처럼 날아왔다.

채애애앵!

잘렸다. 몇 겹으로 된 두꺼운 방어막들이 속절없이 깨지고, 메타리오스의 방어마저 종이처럼 절단되었다. 그 힘은 고스란히 뒤까지 영향을 주었다.

다행히 방향이 잘못된 것인지, 방어막과 부딪치며 살짝 틀어졌는지 녀석의 공격에 맞은 헌터는 없었다.

그러나 뒤에 있던 빌딩들이 깔끔하게 절단되며 무너졌

다. 가스가 누출된 듯 폭발도 일어났다. 헌터들이 말도 안 되는 표정으로 용을 바라보았다.

"저, 저걸 어떻게 이겨……."

"뭐가 약해졌다는 거야. 20분도 안 돼서 절반 이하가 무력화됐는데."

"다 죽을 거야. 분명 다 죽을 거라고!"

상급 헌터들의 사기가 급감했다. 녀석의 위용이 결코 만만치 않은 까닭이다.

'확실히 예전보다 약해진 것은 맞다. 하지만 처음 보는 헌터들은 잘 모르겠지.'

과거에는 이보다 더한 상황이었다. 더 처절하게 싸웠으며, 전투가 일어난 지 10분도 채 되지 않아 500명의 헌터 중 400명이 죽었다.

그때에 비하면 확실히 약해진 것이지만 구태여 그 당시 일을 말할 필요는 없다.

위로도 되지 않을 테고 말할 시간도 없었다. 현주는 흘 깃 헌터들을 바라보았다. 그들의 얼굴이 전부 사색으로 가득했다.

재현이라고 다를 바 없었다. 비교적 담담한 표정을 유지하려고 하는 것 같지만, 이미 그의 얼굴은 공포라는 감정이 각인되어 있었다.

그러나 공포는 아직 끝나지 않았다.

"크워어어!!"

이번에는 용이 낸 소리가 아니었다. 무너진 건물 옆으로 나타난 다수의 몬스터들이 낸 소리였다.

"하필이면 이 타이밍에 몬스터라니!"

용을 상대하느라고 다른 몬스터들은 깜빡 잊었다. 설마 이 타이밍에 나타날 줄이야. 어쩌면 이것을 노리고 그동안 몬스터들이 숨죽여 있던 것일지도 모른다.

상황이 불리하다. 용을 상대하기도 벅차다. 이런 상황에 다수의 몬스터에게까지 포위되면 그야말로 답이 없는 상황이다. 절대 이길 수 없다. 분명 괴멸할 것이다.

재현의 얼굴도 다른 헌터들과 다를 바 없는 표정이었다. 이토록 궁지에 몰린 적이 언제 있었던가?

몬스터들이 이런 전략을 펼칠 줄 몰랐기에 더욱 당황스러웠다. 이대로 버티는 것은 무모한 고집이라고 판단하고, 정송우가 소리쳤다.

"큭! 퇴각한다!"

"포위당했어! 갈 곳이 없다고!"

어떤 헌터가 얼굴이 파랗게 질린 채 뒷걸음질 치고 있었다.

어디를 가든 몬스터들뿐이었다. 앞으로 가면 용이 있고,

뒤로 가도 옆으로 가도 몬스터들 천지다.

"부상자하고 기절한 헌터들은 어떻게 하려고요!"

재현이 정송우에게 소리쳤다. 그러자 정송우의 시선도 거품을 물고 기절한 헌터에게로 향했다.

"큭!"

그가 침음을 했다. 그러고 보니 부상자하고 기절한 헌터들이 아직 이곳에 남아 있었다.

그들을 놔둘 수도 없고, 그렇다고 데려갈 수도 없었다. 결국 둘 중 하나를 선택해야 했다.

놔두고 죽을힘을 다해 도망칠 것인가, 아니면 일부가 포위망을 뚫고 부상자들을 옮길 것인가. 결과는 안 물어봐도 뻔하다.

'이 이상 피해를 입을 수 없어. 포위망을 뚫는다.'

부상자를 버리기로 결단을 내렸다. 그 누구라도 이 결정을 내릴 수밖에 없을 것이다. 용 한 마리만 해도 심각한데, 몬스터들까지 다수 있다면 전황은 더 불리해질 것이다.

그가 전력을 다해 포위망을 뚫기 위해 검에 기를 불어넣으려던 찰나였다.

"제가 시간을 끌지요. 오래 끌어 봤자 5분이 전부겠지만, 그동안 부상자들을 대피시키세요."

그 말을 한 것은 현주였다. 다들 의아한 눈으로 그녀를 바라보았다.

"스승님. 왜 그러세요?"

현주는 무모한 사람이 절대 아니다. 그러나 지금 그녀의 결정은 아무리 생각해도 무모했다.

그러나 현주는 그와 시선을 마주치지 않고 정송우에게로 향했다.

"제 독단이에요. 위험하다 싶으면 알아서 도주할 테니 걱정 마세요."

"알겠습니다. 반드시 오도록 하세요, 박현주 씨."

"예. 살아서 돌아갈 테니 염려 마세요, 정송우 씨."

서로 눈이 마주치고, 고개를 끄덕인다.

그의 명령에 따라 헌터들이 부랴부랴 부상자들을 둘러업고 달아나기 시작한다. 재현은 자리에서 벗어나지 않은 채 그녀를 바라보았다.

"갑자기 왜 이런 결정을 내린 거예요?"

"몬스터들은 지금 뿔뿔이 흩어진 채 포위망을 좁혀 오고 있어요. 더 늦기 전에 벗어나세요."

"말 돌리지 마세요. 스승님은 이럴 사람이 아니란 거 알고 있어요."

"꼭 여자 입으로 부끄러운 말을 해야 되나요?"

"농담하시지 마시고요. 나이도 제 엄마뻘이신 분이."

"그렇게 말하면 상처받네요. 사실인 게 더 슬픈 일이지만요."

"말해 주세요."

재현은 말해 줄 때까지 같이 있겠다는 분위기를 풍기고 있었다. 현주가 곤란한 표정을 지었다.

"별 이유는 없어요."

현주는 그렇게 말하며…….

"영웅이 되려는 건 아니에요. 제가 생각한 최고의 판단을 한 것뿐이에요."

말도 안 되는 말을 그에게 했다.

"최고의 판단이 아니…….."

재현의 말은 끝까지 이어지지 않았다. 현주가 반박하려는 재현의 말을 끊었다.

"전에 제가 억지로 제자님을 위험에 빠뜨렸죠? 그때 전 제자님이 잘못되면 자살할 생각도 가지고 있었죠. 제자님은 아무렇지 않게 생각하지만, 전 여전히 죄책감을 갖고 있고요."

현주의 진심이 그의 마음을 울린다. 이건 진심이었다.

"그래서 빚을 청산하고자 이런 결정을 내렸다고요?"

"네."

"그렇다고 죽을 만한 일은 아니에요. 전에 말했다시피

결과적으로⋯⋯."

"결과적으로 잘됐지만, 본인이 그걸 인정하지 않으면 죄가 사라진 게 아니죠."

"⋯⋯."

그 말에 재현이 입을 꾹 다물었다.

"더 이상의 대답은 하지 않겠어요. 이 정도면 제 진심이 전달되었으리라 봐요. 마스터 헌터는 때론 죽을힘을 다해 싸워야 해요. 지금이 그때라고 생각하고 있고요."

그녀의 각오가 느껴졌다. 말려도 소용이 없다는 것을 깨닫는 데 오래 걸리지 않았다. 그가 이를 꽉 깨물며 괴로운 표정으로 힘겹게 입을 열었다.

"꼭 돌아오세요. 돌아오면 제가 화낼 테니까요."

"호호. 제자에게 혼나는 스승이라니. 뭐, 스승의 잘못을 꾸짖는 제자도 나쁘지 않겠네요."

현주가 웃다가 그의 몸을 가볍게 밀쳤다. 더 이상 지체하지 말고 얼른 가라는 뜻이었다. 재현은 그녀를 돌아보지 않고 헌터들과 함께 이동했다. 그녀는 멀어져 가는 그를 바라보다가 용에게 집중한다.

"다크니아스."

"응."

"5분이에요. 5분 동안 모든 몬스터들의 이목을 제게 끌어오세요."

"알겠어."

그녀의 결의에 다크니아스도 답하며 그림자 속으로 사라졌다. 실라이론이 불안한 표정으로 그녀를 바라보았다.

실라이론의 감정을 느낀 현주. 그러나 안심하라는 듯 얼굴에 미소를 그릴 생각이 없었다. 그녀는 비장한 표정으로 말했다.

"죽을 생각은 없어요. 하지만 위험할지도 모르겠네요. 너무 막 나갔다 싶으면 실라이론이 옆에서 절 붙들어 주세요."

실라이론도 각오가 되었다는 듯 비장한 표정으로 고개를 끄덕였다. 그제야 만족스럽게 웃은 현주가 왼손에 힘을 집중시킨다.

그녀의 왼쪽 손등에 있던 계약의 증표가 반응한다. 어둠의 기운이 그녀에게서 몰아치기 시작하고, 용의 몸이 살짝 움찔거렸다.

*　　*　　*

현주 덕분에 몬스터들을 대부분 마주치지 않고 무사히 위험 지역을 벗어날 수 있게 되었다.

포위망에서 벗어난 헌터들이 안심했다. 꼼짝없이 죽겠

거니 생각했는데, 벗어나니 안심이 되었다. 그러나 그 기쁨도 그리 오래가지 않았다.

너무나 많은 희생이 뒤따랐다. 이미 절반 이상의 피해를 봤다. 대한민국의 모든 상급 헌터들이 모였는데, 그 수가 눈에 띄게 줄어들었다.

국가적으로도, 전력으로도 상당히 큰 피해였다. 또한 다음에 용 소탕에 재투입시킬 것이라는 생각에 벌써부터 두려움에 떨고 있었다.

그러나 저 지옥도 같은 곳에서 더 멀어지려고 다시 자리에서 일어나 걷는 이도 있었다. 반면 재현은 그 자리에 멈춰 섰다.

"……기다리는 게 맞는 걸까?"

"우리는 재현이의 의견을 존중해."

나이아스가 비장한 표정으로 가슴에 주먹을 얹었다.

"위험을 무릅쓰면서까지 싸우고자 한다면 힘을 빌려 줄게. 난 재현이에게 활력을 불어 넣어 주고, 모든 적들을 파도와 함께 쓸어 버릴 거야."

썬더라스도 나이아스처럼 가슴에 주먹을 얹었다.

"난 빛의 속도로 적들을 쓰러뜨리겠어."

이어서 메타리오스.

"재현이는…… 내가 지켜. 반드시……."

노에아넨, 다크니아스, 샐레아나도 같은 행동을 한다.

"바다는 모든 만물의 어머니, 대지는 모든 만물의 안식처예요. 재현이의 안식처를 침범한 적에게 대지의 분노를 보여 줄 거예요."

"너의 적은 곧 나의 적이야. 너의 적에게 공포와 절망을 안겨 줄 거야."

"재현이 너는 사람이 착해. 때로는 바보처럼 보이기도 해. 하지만 불처럼 뜨거운 사람이야. 너의 그 불꽃을 내가 더욱 지피겠어."

재현은 모르고 있지만 정령들이 가슴에 주먹을 얹으며 말한다는 것은 정령들이 반드시 계약자에게 하는 맹세였다.

계약자라고 해도 어지간히 신뢰하지 않는 이상 나오지 않는 행동이다. 평소에는 믿음직스럽지 못할 때도 있지만 그래도 정령들을 위해 싸우는 그는 이 맹세를 받을 자격이 있다.

"고마워. 애들아."

재현이 정령들을 끌어안았다. 정령들이 그에게 안겨 왔다. 위험한 일인 줄 알면서, 자신의 의견을 존중해 주는 정령들이 있어 다행이었다.

만일 정령들이 반대했다면 후회했을 것이다. 분명 지금

도 충분히 후회할 일이다. 그러나 후회하더라도, 일단 일을 저질러 보고 후회하고 싶었다.

정령들이 함께해 준다고 다짐하자 재현이 용기를 얻었다. 정령들이 자신의 의견에 따라 주니 새삼 신뢰가 두텁구나 하고 생각했다.

그가 왼쪽 가슴에 손을 얹었다. 그리고 돌아왔던 길을 다시 되돌아갔다. 현실에 펼쳐진 지옥을 향해서.

*　　　*　　　*

"크라아아아!!"

용이 고통스러운 괴성을 내질렀다. 녀석의 괴성에 지천이 다시 뒤흔들린다.

녀석이 하늘에서 힘차게 날갯짓을 하며 누군가에게 꼬리를 휘두른다.

현주의 눈자위가 검게 물들고, 눈동자는 붉게 변했다. 그녀의 발과 등에 날개처럼 바람이 피어올랐다.

"조금만 더. 조금만 더!"

승기가 보인다. 녀석의 가죽을 찢어 버리고, 드디어 녀석의 심장에 있는 수정체가 모습을 보였다.

일부 절단된 수정체. 그러나 녀석의 수정체는 아직도 빛을 발하고 있었다. 저것만 확실하게 파괴하면 된다.

저것만 파괴하면 된다, 저것만 파괴하면 된다, 저것만 파괴하면 된다!

콰아아아악!

검게 물든 바람이 세차게 몰아치며 녀석의 몸을 뒤덮었다. 녀석이 대지로 추락한다.

그래, 기회는 지금뿐이다. 그녀가 주먹을 내뻗었다.

조금만 더 앞으로. 조금만 더. 조금만 더!

"조심해!"

실라이론의 외침과 함께 그녀의 몸이 뒤로 크게 날아갔다. 동시에 그녀가 향하던 궤도로 용의 꼬리가 빠르게 지나갔다.

안전하게 지면에 착지한 현주가 실라이론을 잔뜩 노려보았다.

"실라이론. 절호의 기회를 왜 날린 거죠?"

"방금 전에는 너무 무모했어. 죽을 뻔했다고."

"호호호. 실라이론도 참 재밌는 농담을 하네요. 제가 죽는다고요? 그럴 리가요. 제가 이 정도로 죽을 리가 없죠! 고작 도마뱀이 휘두르는 꼬리에 맞고 죽겠어요?"

그녀는 이성적으로 판단하지 못할 정도였다. 아무런 능력 없이 휘두르는 꼬리라고 하지만, 그것도 충분히 위협적이다. 인간인 이상 절대 무사할 리 없다.

다크니아스가 몬스터들의 주의를 끄는 와중, 위험을 미리 감지하고 텔레파시로 이제 그만하라고 말렸지만, 소용이 없었다.

"한 번 더 절 말리면 그때는 용서하지 않겠어요."

실라이론이 괴로운 표정을 지었다. 그녀가 정령력으로 실라이론을 압박한 것이다. 현주가 설마 이토록 빨리 어둠에 먹힐 줄은 상상도 못 했다.

육체적으로도, 정신적으로도 지친 상태로 어둠의 정령 일체화를 행했으니 당연한 결과일지도 몰랐다.

"그만해……."

실라이론은 절박한 표정으로 그녀를 말렸다. 그 이상 가면 위험하다. 이제 탈출해야 한다. 슬슬 그녀의 정령력도 고갈되어 간다. 그 전에 어둠에 완전히 먹힐지 모른다. 만일 그렇게 되면 이제 더는 되돌릴 수가 없게 된다!

"그만해!"

실라이론의 외침이 울려 퍼졌지만, 그녀의 귀에 닿는 일은 결코 없었다. 녀석의 꼬리가 다시 움직인다. 아슬아슬한 간격. 누가 먼저 공격할지 한 치 앞도 알 수 없을 정도로 간발의 차다. 현주가 죽거나, 용이 죽거나. 아니면 둘다 죽거나.

'죽어!'

덩치만 큰 도마뱀 따위가 자신을 죽이려고 하다니. 어림 반 푼어치도 없다고 생각하며 지금 이 순간 남아 있는 정령력을 사용해 수정체를 파괴하기로 했다.

"바보같이. 머리 좀 식히세요!"

그리고 다량의 거센 물줄기가 그녀의 머리 위로 떨어지며 지면으로 추락했다. 찬물을 끼얹은 덕분인지 그녀도 정신이 돌아왔다.

'도대체 무슨……?'

순식간에 온몸이 홀딱 젖은 현주. 그러나 이것을 신경 쓸 때가 아니었다.

누군가 그녀를 안아 들었다. 현주가 자신을 안아 든 이를 의아한 눈으로 바라보았다.

"시간에 딱 맞춰 도착했네요."

재현이었다. 그녀의 눈이 휘둥그레졌다. 왜 그가 이곳에 있는지 모르겠다는 표정이다.

"어째서……?"

"구하러 왔냐고요?"

재현은 더 생각할 것도 없다는 듯 피식 웃었다.

"이럴 줄 알았으니까요."

할 말은 그것뿐이다. 이렇게 될 줄 알았다. 그러니 구하러 왔다. 황당하고 어이없는 이유에서 멍청한 표정으로 바라보는 현주. 웃음조차 나오지 않았다.

"음…… 이건 웃을 타이밍인데 너무 충격적이어서 웃음이 안 나오는 걸까요?"

재현은 그런 농담을 하면서 멋쩍은 얼굴로 웃었다.

"도망치면서 좀 켕기더라고요. 그래서 마스터 헌터의 명령을 어겨 가면서 독단으로 왔어요. 스승님이 나중에 제 편에 서 주세요. 재판에 회부되긴 싫으니까."

말은 그렇게 했지만 별로 신경 쓰는 기색이 아니었다. 그는 어깨를 한 번 으쓱였다.

"이거, 나이에 맞지 않게 굉장히 설레네요. 제가 결혼하지 않았거나, 제자님의 또래였으면 반했을지도 모르겠네요."

"연상은 취향이 아니라서요. 무엇보다 윤정이도 있고요."

"취향이 확실하시네요."

그녀가 잔잔한 미소를 지었다.

"탈출할 때는 같이 하는 거예요. 다리는 움직일 수 있으신가요?"

"당연한 걸 물으시네요. 이런 건 아무것도 아니에요."

그에게 안겨 있던 그녀가 두 다리로 일어섰다.

그의 주위로 수많은 정령들이 나타나기 시작했다.

초급, 중급, 상급 정령 할 것 없이 다수의 물의 정령들이 그들을 보호하듯 서 있었다. 정령왕의 증표. 그는 이곳에서 이를 적극 이용하기로 했다.

"설마 전부 다 계약한 건가요? 물의 정령들로?"

아무리 정령력 탱크가 크다고 해도 이건 좀 아니라는 표정의 현주. 이 정도 정령이면 차라리 다른 상급 정령 몇을 더 계약하는 게 효율적일 것이라고 생각했다. 안 그래도 정령력이 늘어난 재현이라면 충분히 가능하고도 남았다. 그는 어깨를 으쓱였다.

"말하자면 길어지는데…… 일단 계약한 건 아니고요. 정령왕이 제게 호감을 사기 위한 조치였다고 생각해 주세요."

설명은 나중에 하기로 했다.

"아쉽지만 도망치죠. 용을 잡는 것도 중요하지만 목숨도 중요하잖아요."

하지만 녀석이 다시 괴성을 질렀다. 용의 함성. 순간 재현의 몸이 경직되었다. 그러나 경직된 것은 그들만이 아니었다. 몬스터도 포함되었다. 용의 함성은 인간만 아니라 몬스터에게도 영향이 있는 것이다.

"바보 같은 놈."

재현과 현주가 동시에 정령 일체화를 했다. 경직된 몸이 풀렸다. 반면 몬스터들은 여전히 경직되었다. 덕분에 도주하기 더 쉬워졌다.

"도와줘서 고맙다. 물의 정령들아, 시간을 끌어 줘!"

그가 잽싸게 달아나기 시작하고, 물의 정령들이 용에게 달려들었다. 물리 공격이 통하지 않으니 안전하게 달아날 시간을 충분히 벌어 주리라 생각했다.

몬스터들은 바로 옆을 지나가는 재현에게 아무런 해코지도 하지 못했다. 그는 아무런 방해도 받지 않고 몬스터들 사이를 유유히 피해서 달아난다.

"크라아아아!!"

용이 화가 난다는 듯 괴성을 지른다. 그리고 녀석이 아가리를 크게 벌렸다. 심상치 않은 기운이 녀석의 입에서 모이기 시작했다!

"저건……."

현주는 저것이 무엇인지 알고 있는 눈치였다. 드래곤 슬레이어 작전에 투입되었던 그녀만이 가장 심각성을 잘 알고 있었다.

'용의 숨결!'

용의 필살기라고 해도 과언이 아니고, 핵폭발에 버금가는 위력을 지닌 용의 숨결. 과거처럼 그 어마어마한 공격력은 아니겠지만 그래도 얕볼 수 없는 위력일 것이다.

재현은 피할 수 없다는 것을 잘 알았다. 막는다는 선택지도 마찬가지다.

불가능하다. 피하기도, 막기도 불가능하다.

죽음이라는 단어가 또다시 그의 머릿속에 그려진다. 현주는 이 상황에서 빠르게 생각했다.

바람을 자신에게 집중해서 날아간다면 그녀는 아슬아슬하게 피할 수 있다. 하지만 재현까지 대피시킬 수 없었다. 분명 둘 다 죽을 것이라고 확신했다. 그렇다면 어떻게 하는 게 좋을까?

'어쩌고 자시고 할 것 없어.'

당연한 것 아니겠는가. 자신을 구한다. 그녀는 헌터다. 헌터의 원칙을 따른다. 영웅이 되지 말라. 그리고 가장 현실적인 판단을 하라.

이 원칙은 생존의 시대부터 있던 불변의 법칙이다. 이유는 당연하다. 가장 중요한 것은 자신의 생명.

민간인의 목숨도 때에 따라서는 외면해야 하는 것이 헌터다. 유사시에는 민간인보다 헌터가 더 중요하다. 마스터 헌터라면 더더욱 그러했다.

헌터의 원칙에는 다 이유가 있다. 생존의 시대부터 살아온 이들이 정한 것들.

자신의 목숨으로 도박하지 말라는 의미가 내포되어 있

다. 가장 현실적인 판단을 하기로 했다.

무엇보다 재현이 말하지 않았던가. 전에 있던 일은 다 청산한 것이라고. 이제 그녀는 빚이 없다. 그러니 그래도 된다.

그러나 그녀 스스로 재현에게 말한 것이 있었다. 본인이 인정하지 않는 한 죄가 사라지는 것이 아니다.

그녀는 결단을 내렸다.

"제자님."

현주가 잔잔한 미소를 지었다. 그 미소를 보고 재현은 문득 불안함을 느꼈다.

"제자님이 저를 대신해서 해치우세요."

영웅이 되기로!

"무슨…… 읍?!"

화아아악!

뭐라고 말을 하지 못한 채, 거대하고 강한 바람이 그의 몸을 강타했다. 그가 하늘을 날아갔다. 그 순간 한 줄기의 섬광이 그녀를 집어삼켰다.

*　　　*　　　*

〈약식 보고〉

−11시 36분, 용의 소탕을 위해 대규모의 상급 헌터 투입.

−12시 50분, 상급 헌터 서울로 이동.

−14시 12분, 첫 교전. 일시 후퇴.

−14시 46분, 정찰조 선별 투입.

〈중간 보고〉

−15시 27분, 정찰조에서 정령사가 용과 고전 시작. 헌터들 용을 향해 진격.

−15시 32분, 투입된 상급 헌터 반파.

−15시 39분, 상급 헌터들이 다수의 몬스터들에게 포위됨.

〈최종 보고〉

−15시 46분, 헌터 퇴각. 포위망을 뚫기 시작.

−15시 57분, 용의 숨결로 인해 마스터 헌터 사망. 상급 헌터들 철수.

−16시 30분, 용이 갑자기 사라짐. 총력을 기울여 현재 조사 중.

〈피해 보고〉

전사자: 214명.

부상자: 21명(경상 8명, 중상 11명, 혼수 상태 2명.).

행방불명: 129명.

생존자: 152명.

어마어마한 사상자가 발생했다. 언론에서는 이와 같은 피해를 말하지 않았다.

국민들의 사기를 위한 조치였다. 그러나 이와 같은 피해 상황은 SNS를 통해 퍼져 나가기 시작했다.

사태는 걷잡을 수 없이 커졌고, 진실을 알 권리가 있다며 국민들이 항의하기 시작했다. 하지만 국가에서는 이러지도, 저러지도 못하고 있었다.

결국 근거 없는 소문은 계속 번져 나가고, 더욱 커지며 신빙성을 얻어 간다.

한 사람의 힘이 절실한 상황에서 헌관위는 자신들의 공을 세우려고 헌터들을 죽음의 길로 내몰아 갔다며 비난하기에 이르렀다.

훗날 이는 헌관위에서 주체한 세계 최악의 작전으로 손꼽히게 되었다.

＊　　　＊　　　＊

"젠장."

퍽!

그의 주먹이 애꿎은 벽을 가격했다. 주먹만 아프다.

"젠장."

쾅!

그러나 아픔은 잠깐이었다. 힘은 오히려 더해졌다. 정령
왕의 증표 덕분에 재현의 손이 빠르게 회복되었다.

"젠자아아앙!!"

콰아앙!

그의 눈에서 쉴 새 없이 눈물이 흘러내렸다. 분노가 쉽
게 가라앉지 않았다.

아이러니하게도, 헌터들을 위협했던 몬스터들도 용의
숨결에 휩쓸려 전멸했다.

서울의 3분의 1이 용 한 마리에 의해 잿더미로 변했다.
그리고 용은 사라졌다. 죽은 것이 아니다. 용의 숨결을 사
용하는 순간, 갑자기 공간이 오그라들더니 출몰했을 때처
럼 사라진 것이다.

그러나 그에게 중요한 것은 그것이 아니었다.

현주가, 그의 스승이, 오우거에게서 목숨을 구해 준 그
녀가 이번에도 그를 구했다. 그리고 자신을 대신해 용의

숨결에 산화했다.

재현은 현주가 있던 자리를 추측해서 다시 되돌아왔다.

잿더미 속을 뒤지던 재현은, 현실을 부정하며 그녀가 이곳 어딘가에 파묻혀 있을 것이라고 생각하며 그녀를 찾아 헤맸다.

그녀가 있었다는 유일한 흔적은 단 하나였다. 킵보이. 그의 손에는 현주의 킵보이가 있었다. 현주의 것은 목걸이 형태의 킵보이였다.

검게 그을려 원색은 모르지만 디자인이 일치했다. 킵보이는 헌터들마다 형태가 전부 달랐다. 그녀의 죽음이 확인되고, 재현은 지금까지 쭉 이 상태였다.

"머저리 같은 새끼. 구하지 못했어. 오히려 또 구해졌어. 바보 같은 놈. 이 병신 같은 놈!"

재현은 자신을 향해 욕을 했다. 현주를 구하기 위해 갔으면서 오히려 그녀 덕분에 목숨을 건지게 되다니.

어쩜 이리도 바보 같고 무능력하단 말인가. 스스로 자책을 하며 엉엉 울었다.

이토록 마음이 아픈 적이 살아생전 있었던가. 그렇게 한참을 울고 있자, 방공호에서 사람들이 나왔다.

핵폭발도 견디는 방공호이니 위력이 한참 줄어든 용의 숨결 정도는 버텼을 것이다.

빌딩은 잿더미가 되었어도 방공호는 무사했다. 게다가 용케 몬스터들에게 뚫리지 않고 대피소에 있던 사람들이 전부 구조되었다.

방공호가 재현이 있는 곳에서 얼마 떨어져 있지 않아, 민간인들이 그를 보고 쑥덕거렸다.

"저기 봐 봐. 헌터가 울고 있어."

"왜 울면서 벽을 주먹으로 치는 거야?"

속닥속닥 말하고 있지만 재현의 귀는 밝아서 다 들려왔다. 간혹 왜 저렇게 해서 사기를 떨어뜨리는지 개념이 없어 보인다는 사람도 있었다.

그러나 그는 자신을 욕하든 말든 상관하지 않았다. 스스로를 욕하고 있는 마당이니 남의 욕에 신경 쓸 겨를이 없던 것이다. 그러나 그가 참지 못할 말이 들려왔다.

"벽을 부수는 데 힘을 낭비할 바에 우리를 지켜 주라고. 보나 마나 자기 때문에 동료를 잃은 것 같은데, 쓸데없는 곳에 힘을 낭비하니까 동료를 죽이지. 쯧쯧."

재현의 주먹이 그 말에 딱 멈춰 섰다. 혼잣말을 한다고 조용히 말했지만, 재현에게 다 들렸기 때문이다.

"……껄여 봐."

"뭐, 뭐?"

재현이 자신에게 다가오니 남성이 당황하며 물었다. 재

현이 지금 당장이라도 상대를 죽일 것처럼 노려보며 일그러진 얼굴로 소리쳤다.

"다시 지껄여 보라고!"

재현이 멱살을 붙잡았다.

"이, 이거 놔!"

재현의 손길을 벗어나기 위해 그가 발버둥 쳤지만 소용없는 일이었다.

운동을 한 것처럼 보이지만, 몬스터와 싸우는 직업을 가진 이의 힘에서 벗어나기는 힘들었다.

"네가 뭔데 그따위 말을 하는 거야! 아무것도 모르는 주제에. 군대도 갔다 와 보이는 쓰레기 새끼가 싸우지도 않고 대피소에 숨어 있던 주제에 말 다 했냐!"

재현이 민간인을 향해 주먹을 휘둘렀다. 순식간에 벌어진 일. 그러나 그의 주먹은 결코 민간인에게 닿는 일이 없었다.

누군가가 그의 팔목을 붙잡았기 때문이다.

"머리를 박살 낼 위력의 힘으로 민간인에게 주먹을 휘두르다니. 지금 제정신인가?"

대한민국 마스터 헌터 중 서열이 가장 높은 정송우였다. 그 옆에는 이정훈과 김새영도 있었다. 너무 소란스러워 잠깐 와 봤는데 설마 재현이 있을 줄은 몰랐다.

"놓으세요."

재현이 자신의 팔목을 잡은 정송우의 손을 노려보았다.

"이 손 놓으라고!!"

정송우도 깜짝 놀랄 만큼 강렬한 살기였다. 피부가 다 따끔할 정도다.

정송우가 이 정도인데, 멱살을 잡힌 남성은 어떨까. 숨 쉬기가 버거워 보였다. 이것만으로도 사람 하나 죽이는 건 일도 아니었다.

"경고하겠네. 살인미수로 재판에 회부되고 싶지 않으면 그쯤에서 그만두게. 자네가 말하는 쓰레기 때문에 옥살이 하고 싶지는 않겠지?"

"……."

재현이 이를 악물며 남성의 멱살을 풀었다. 남성이 후다 닥 정송우의 뒤에 숨었다.

"자네는 머리 좀 식힐 필요가 있겠군. 재판에 회부하지 않겠으나 일주일간 독방에서 근신하게."

"……."

"대답은?"

"제 발로 가겠습니다. 안내해 주시죠."

정송우가 말없이 고개를 끄덕이자, 이정훈과 김새영이 그가 돌발 행동을 하지 않도록 바짝 붙어 안내했다.

재현은 알게 모르게 거의 마스터 헌터 취급을 받는 상급 헌터였다. 다른 헌터들에게 맡겨도 제지하지 못할 테니 아예 이정훈과 김새영이 맡기로 한 것이다.

"살인미수로 넘겨야지, 왜 안 넘겨요? 아오, 내가 헌터였으면 저딴 새끼는 때려눕혔을 텐데."

재현에게 멱살을 잡혔던 남성이 항의하듯 말하며 그가 시야에서 사라졌다고 바로 센 척을 했다.

"당신은 할 말이 없을 텐데요?"

"예? 제가요? 왜요?"

"김재호 씨. 이분들과 따라가서 말하시죠."

정송우의 뒤에 사복을 입고 있는 사람들이 다가왔다. 하지만 뭔가를 눈치챈 듯, 남성의 얼굴이 사색이 되었다. 재현의 말처럼 예비군인데 동원 명령을 무시하고 대피소로 도망친 사람인 것이다.

사복을 입은 사람들의 정체는 헌병대였다. 헌병대는 순식간에 그를 단단히 붙잡아서 끌고 갔다.

처량하게 헌병대에게 끌려가는 그의 뒷모습에 송우는 동정의 눈길조차 주지 않았다. 다만 그는 자신의 손바닥을 바라보았다.

"……얼얼하군."

정송우는 빨갛게 물들어 있었다. 금강불괴의 몸을 가진

그가 손이 빨갛게 물들었을 정도다. 그때 말리지 않았으면 저 남성은 분명 머리가 산산이 부서졌을 것이다. 그 정도의 위력이었다.

재현은 그럴 생각은 없어 보였지만, 분노로 인해 능력 조절에 잠깐 장애가 온 것 같았다.

＊　　＊　　＊

조용한 독방. 창문이 고작 하나 있는 작은 방에 재현과 정령들이 옹기종기 모여 있었다. 재현은 킵보이로 라디오를 틀었다.

[청와대 대변인은 오늘 기자회견에서 사회에 혼란을 주는 거짓 정보를 유포하는 자들을 엄벌하겠다고 발표했습니다. 국가 재난에 대한 거짓 정보 유포는 국민들의 혼란을 가중시키는 중죄로써…….]

치직!

[세종시의 몬스터들 소탕이 마무리되었습니다. 군경은 혹시 남아 있을 몬스터들을 대비해 24시간 경계를 강화하기로 했습니다. 한편 국방부에서는 육해공의 모든 화력을 동원해서라도 몬스터를 소탕하겠다고 발표했습니다.]

치직!

[용의 소탕 작전을 벌이던 도중, 마스터 헌터의 사망이 확인되었습니다. 이번에 사망한 헌터는 50대의 여성으로, 헌터 1세대부터 수많은 공을 세운 헌터입니다. 헌관위에서는 그녀의 유품을 유족들에게 전달했습니다.]

　치직!

　[상급 헌터들의 대다수를 잃은 이번 최악의 사태에 대해 헌관위가 여전히 침묵하고 있습니다. 헌관위 관계자는 그 어떤 입장도 내놓지 않고 있습니다. 이번 사태에 대해 진실을 규명하라는 목소리가 커지고 있으며 전국 곳곳에서 애도를 표하고 있습니다. 해외에서도 이 문제로 인해 반응이…….]

　뚝!

　재현이 라디오를 껐다. 아무리 시간이 지나도 헌관위에서 아무 말도 없었다. 재현이 자신의 무릎에 얼굴을 묻었다.

　이런 모습은 처음이다. 좌절하고, 절망하고, 죄책감에 사로잡힌 그 모습에 정령들의 가슴이 더욱 아려 왔다.

　"재현아……."

　정령들이 걱정스러운 표정으로 그를 바라보았다. 나이아스가 그의 머리를 향해 손을 뻗는다. 하지만 그 손이 닿지 않았다.

재현이 나이아스의 손을 가로막으며 조심스럽게 옆으로 치웠다.

"다 때려치울래. 헌터든 뭐든. 이제 지쳤어."

"재현아……."

그가 멍한 표정으로 웅얼대기 시작했다.

"개새끼들. 지들이 안 싸운다고. 우리보고 죽어 가면서 싸우라니. 헌터 목숨이 파리 목숨밖에 안 돼? 그런 새끼들이 지천에 널려 있는데 어디 가서 죽든 말든 내 알 바야? 다 좆 까라고 해. 헌터들 없으면 아무것도 못 하는 병신들이 바라는 게 많아."

재현의 상태가 그 어떤 때보다 심각하다는 것을 느낄 수 있었다. 부정적인 감정과 사념이 그의 마음에 들어갔다. 이를 막지 않으면 큰일이라는 것을 누구보다 잘 아는 정령들.

"재현아. 진정해. 그들도 진심이 아니었을 거야."

썬더라스도 나이아스를 거들어 주었다.

"나이아스의 말이 맞아. 그 사람들도 나쁜 사람들은 아니었을 거야. 잠시 이성적으로 생각할 틈이 없어서 그랬던 거 아니겠어?"

메타리오스가 평소와 달리 졸린 표정 하나 짓지 않았다. 그만큼 진지하다는 뜻이다. 또한 평소의 졸린 말투도 없었다.

"절박함은 사람을 바보로 만들어. 재현이는 그들과 다르니까 조금 냉정하게 생각하자."

"맞아요. 설사 진심인 사람이 있었다 하더라도 많은 사람들이 재현과 같은 헌터들을 진심으로 응원하고 있으니까요. 윤정이만 하더라도 그렇잖아요."

노에아넨까지 말하고, 다크니아스가 이어받을 차례였지만, 말을 하지 못했다. 오히려 심각한 표정으로 말없이 재현을 바라보고 있을 뿐이다. 뭔가를 직감한 듯, 샐레아나가 말하려고 하던 걸 제지했다.

"너희들……."

재현이 정령들을 바라보았다. 말을 이해한 건가 나이아스가 가장 기대를 많이 했다. 그러나 재현은 이미 정령들이 생각한 것보다 더 심각한 상태였다.

"왜 그 새끼들 편을 드는 거야?"

설마 이렇게 대답하리라고는 생각지 못했기에 다들 당황해했다.

"아, 아니. 편을 드는 게 아니라……."

"내가 남들 기분에 맞춰 준다고, 호구처럼 군다고 해서 내가 정말 성인군자인 것 같아? 나도 사람이야. 화를 낼 때도 있고, 내가 하고 싶은 대로 하고 싶어. 그걸 다 참아

내면서 기껏 행동했더니, 하는 말이 뭐?"

재현의 말이 점점 격앙되었다

"이해하고 그냥 넘어가라 이거야!"

설마설마했는데 재현이 소리까지 질렀다. 그가 정말 머리끝까지 화가 났다는 증거였다.

"재현이 네가 설마 지금까지 그렇게 생각하는지 몰랐어."

재현이 기가 막힌 표정으로 실소를 자아냈다.

"몰랐다고? 당연히 몰랐겠지. 기분 나쁠 만하면 감정의 공유를 끊었으니까! 너희들이 날 착한 사람으로 생각하는데, 그 기대에 부흥하려고 별 지랄을 다 했다고! 실망하지 않게 내 성격을 많이 죽였어!"

일부러 들키지 않게 한다고 꽤 고생했다. 그러나 지금까지 참아 왔던 것을 전부 토해 냈다.

"근데 말이야. 솔직히 아무리 눈치가 없다 해도 대충 눈치를 채는 게 정상 아냐?"

"미, 미안해. 정말 몰랐어."

"기분 나빠. 너희들도 내 앞에서 사라져."

재현은 정령들의 의견을 묻지 않고 강제로 역소환을 해 버렸다. 게다가 감정의 공유와 텔레파시마저 끊어 버렸다.

그는 손목에 차고 있던 킵보이를 쓰레기통에 버렸다.

헌터와 관련된 것들은 더 이상 보기가 싫었다. 그녀가

죽은 것에는 헌관위 때문이라는 생각도 가지고 있었다. 자신의 의견에 신경 써 주면서 상부에 말했던 현주. 그러나 헌관위에서는 듣는 둥 마는 둥 했다.

평화로울 때 전쟁을 대비해야 하는 법이다. 이미 한 번 호되게 당했으면서 안이한 생각을 가졌다가 또 된통 얻어 맞았다. 그 결과가 이거다.

서울의 3분의 1은 잿더미로 변하고, 나머지 3분의 2는 아직 몬스터들이 점령한 상태다.

아마 상부에서 경고를 제대로 귀 기울여 주었으면 현주가 죽는 일은 없었을 것이고, 이런 큰 피해도 생기지 않았을 것이다.

그는 헌터로 일하면서 번 돈으로 산 지갑조차 보기 싫다는 듯, 지갑을 통째로 버렸다. 그러더니 자신의 다리에 얼굴을 더욱 깊이 묻었다.

그냥 혼자 있고 싶었다. 누구도 만나고 싶지 않았다. 윤정도 현주의 죽음을 알았는지 계속 문자가 왔다. 스마트폰이 시끄럽게 계속 울려 댔다.

파직!

그의 손에 있던 스마트폰이 전격에 의해 폭발했다. 그의 손에서 피가 흐르고, 빨갛게 부어오르기 시작했다.

화상을 입은 것이다. 그러나 그는 그 고통조차 느낄 여유가 없었다. 감각마저 상실한 것 같았다.

　재현은 멍한 표정을 한 채 독방의 유일한 출구인 창밖을 바라보았다. 그의 마음처럼 우중충한 하늘이 공허한 눈에 투영되었다.

〈다음 권에 계속〉

정준 현대판타지 장편소설

MODERN FANTASY STORY & ADVENTURE

기적의 앱스토어

열정 페이가 난무하며 돈이 돈을 낳는 이상한 세상
돈도 없고 빽도 없고 스펙도 없는 정지우.
이제 희망은 하나뿐이다.

dream
books
드림북스

반생학사

소유현 신무협 장편소설

ORIENTAL FANTASY STORY & ADVENTURE

『학사귀환』, 『학사무경』의 작가 소유현
그가 풀어내는 또 하나의 학사 이야기

시험에 낙방 후, 무한히 반복되는 시간의 굴레에 갇혔다
감옥과도 같은 무한회귀 속에서 벗어나야 한다

dream books
드림북스